# 好消息

姜濤 著

姜濤詩選

# 朝向漢語的邊陲

楊小濱

　　中國當代詩的發展可以看作是朝向漢語每一處邊界的勇猛推進，而它的起源也可以追溯出頗為複雜的線索。1960年代中後期張鶴慈（北京，1943-）和陳建華（上海，1948-）等人的詩作已經在相當程度上改變了主流詩歌的修辭樣式。如果說張鶴慈還帶有浪漫主義的餘韻，陳建華的詩受到波德萊爾的啟發，可以說是當代詩中最早出現的現代主義作品，但這些作品的閱讀範圍當時只在極小的朋友圈子內，直到1990年代才廣為流傳。1970年代初的北京，出現了更具衝擊力的當代詩寫作：根子（1951-）以極端的現代主義姿態面對一個幻滅而絕望的世界，而多多（1951-）詩中對時代的觀察和體驗也遠遠超越了同時代詩人的視野，成為中國當代詩史上的靈魂人物。

　　對我來說，當代詩的概念，大致可以理解為對朦朧詩的銜接。朦朧詩的出現，從某種意義上可以看作官方以招安的形式收編民間詩人的一次努力。根子、多多和芒克（1951-）的寫作從來就沒有被認可為朦朧詩的經典，既然連出現在《詩刊》的可能都沒有，也就甚至未曾享受遭到批判的待遇，直到1980年代中後期才漸漸浮出地表。我們完全可以說，多多等人的文化詩學意義，是屬於後朦朧時代的。才華出眾的朦朧詩人顧城在1989年六四事件後寫出了偏離朦朧詩美學的《鬼進城》等

傑作，卻不久以殺妻自盡的方式寫下了慘痛的人生詩篇。除了揮霍詩才的芒克之外，嚴力（1954-）自始至終就顯示出與朦朧詩主潮相異的機智旨趣和宇宙視野；而同為朦朧詩人的楊煉（1955-），在1980年代中期即創作了《諾日朗》這樣的經典作品，以各種組詩、長詩重新跨入傳統文化，由於從朦朧詩中率先奮勇突圍，日漸成為朦朧詩群體中成就最為卓著的詩人。同樣成功突圍的是遊移在朦朧詩邊緣的王小妮（1955-），她從1980年代後期開始以尖銳直白的詩句來書寫個人對世界的奇妙感知，成為當代女性詩人中最突出的代表。如果說在1970年代末到1980年代初，朦朧詩仍然帶有強烈的烏托邦理念與相當程度的宏大抒情風格，從1980年代中後期開始，朦朧詩人們的寫作發生了巨大的轉化。

　　這個轉化當然也體現在後朦朧詩人身上。翟永明（1955-）被公認為後朦朧時代湧現的最優秀的女詩人，早期作品受到自白派影響，挖掘女性意識中的黑暗真實，爾後也融入了古典傳統等多方面的因素，形成了開闊、成熟的寫作風格。在1980年代中，翟永明與鍾鳴（1953-）、柏樺（1956-）、歐陽江河（1956-）、張棗（1962-2010）被稱為「四川五君」，個個都是後朦朧時代的寫作高手。柏樺早期的詩既帶有近乎神經質的青春敏感，又不乏古典的鮮明意象，極大地開闊了漢語詩的表現力。在拓展古典詩學趣味上，張棗最初是柏樺的同行者，爾後日漸走向更極端的探索，為漢語實踐了非凡的可能性。在「四川五君」中，鍾鳴深具哲人的氣度，用史詩和寓言有力地書寫了當代歷史與現實。歐陽江河的寫作從一開始就將感性與

理性出色地結合在一起，將現實歷史的關懷與悖論式的超驗視野結合在一起，抵達了恢宏與思辨的驚險高度。

後朦朧詩時代起源於1980年代中期，一群自我命名為「第三代」的詩人在四川崛起，標誌著中國當代詩進入了一個新階段。1980年代最有影響的詩歌流派，產自四川的佔了絕大多數。除了「四川五君」以外，四川還為1980年代中國詩壇貢獻了「非非」、「莽漢」、「整體主義」等詩歌群體（流派和詩刊）。如周倫佑（1952-）、楊黎（1962-）、何小竹（1963-）、吉木狼格（1963-）等在非非主義的「反文化」旗幟下各自發展了極具個性的詩風，將詩歌寫作推向更為廣闊的文化批判領域。其中楊黎日後又倡導觀念大於文字的「廢話詩」，成為當代中國先鋒詩壇的異數。而周倫佑從1980年代的解構式寫作到1990年代後的批判性紅色寫作，始終是先鋒詩歌的領頭羊，也幾乎是中國詩壇裡後現代主義的唯一倡導者。莽漢的萬夏（1962-）、胡冬（1962-）、李亞偉（1963-）、馬松（1963-）等無一不是天賦卓絕的詩歌天才，從寫作語言的意義上給當代中國詩壇提供了至為燦爛的景觀。其中萬夏與馬松醉心於詩意的生活，作品惜墨如金但以一當百；李亞偉則曾被譽為當代李白，文字瀟灑如行雲流水，在古往今來的遐想中妙筆生花，充滿了後現代的喜劇精神；胡冬1980年代末旅居國外後詩風更為逼仄險峻，為漢語詩的表達開拓出難以企及的遙遠疆域。以石光華（1958-）為首的整體主義還貢獻了才華橫溢的宋煒（1964-）及其胞兄宋渠（1963-），將古風與現代主義風尚奇妙地糅合在一起。

毫不誇張地說，川籍（包括重慶）詩人在1980年代以來的中國詩壇佔據了半壁江山。在流派之外，優秀而獨立的詩人也從來沒有停止過開拓性的寫作。1980年代中後期，廖亦武（1958-）那些囈語加咆哮的長詩是美國垮掉派在中國的政治化變種，意在書寫國族歷史的寓言。蕭開愚（1960-）從1980年代中期起就開始創立自己沉鬱而又突兀的特異風格，以罕見的奇詭與艱澀來切入社會現實，始終走在中國當代詩的最前列。顯然，蕭開愚入選為2007年《南都週刊》評選的「新詩90年十大詩人」中唯一健在的後朦朧詩人，並不是偶然的。孫文波（1956-）則是1980年代開始寫作而在1990年代成果斐然的詩人，也是1990年代中期開始普遍的敘事化潮流中最為突出的詩人之一，將社會關懷融入到一種高度個人化的觀察與書寫中。還有1990年代的唐丹鴻，代表了女性詩人內心奇異的機器、武器及疼痛的肉體；而啞石（1966-）是1990年代末以來崛起的四川詩人，以重新組合的傳統修辭給當代漢語詩帶來了跌宕起伏的特有聲音。

1980年代的上海，出現了集結在詩刊《海上》、《大陸》下發表作品的「海上詩群」，包括以孟浪（1961-）、默默（1964-）、劉漫流（1962-）、郁郁（1961-）、京不特（1965-）等為主要骨幹的較具反叛色彩的群體，和以陳東東（1961-）、王寅（1962-）、陸憶敏（1962-）等為代表的較具純詩風格的群體，從不同的方向為當代漢語詩提供了精萃的文本。幾乎同時創立的「撒嬌派」，主要成員有京不特、默默（撒嬌筆名為銹容）、孟浪（撒嬌筆名為軟髮）等，致力於透

過反諷和遊戲來消解主流話語的語言實驗。無論從政治還是美學的意義上來看，孟浪的詩始終衝鋒在詩歌先鋒的最前沿，他發明了一種荒誕主義的戰鬥語調，有力地揭示了歷史喜劇的激情與狂想，在政治美學的方向上具有典範性意義。而陳東東的詩在1980年代深受超現實主義影響，到了1990年代之後則更開闊地納入了對歷史與社會的寓言式觀察，將耽美的幻想與險峻的現實嵌合在一起，鋪陳出一種新的夢境詩學。1980年代的上海還貢獻了以宋琳（1959-）等人為代表的城市詩，而宋琳在1990年代出國後更深入了內心的奇妙圖景，也始終保持著超拔的精神向度。1990年代後上海崛起的詩人中最引人注目的是復旦大學畢業後定居上海的韓博（1971-，原籍黑龍江），他近年來的詩歌寫作奇妙地嫁接了古漢語的突兀與（後）現代漢語的自由，對漢語的表現力作了令人震驚的開拓。還有行事低調但詩藝精到的女詩人丁麗英（1966-），在枯澀與奇崛之間書寫了幻覺般的日常生活。

與上海鄰近的江南（特別是蘇杭）地區也出產了諸多才子型的詩人，如1980年代就開始活躍的蘇州詩人車前子（1963-）和1990年代之後形成獨特聲音的杭州詩人潘維（1964-）。車前子從早期的清麗風格轉化為最無畏和超前的語言實驗，而潘維則以現代主義的語言方式奇妙地改換了江南式婉約，其獨特的風格在以豪放為主要特質的中國當代詩壇幾乎是獨放異彩。而以明朗清新見長的蔡天新（1963-）雖身居杭州但足跡遍布五洲四海，詩意也帶有明顯的地中海風格。影響甚廣的于堅（1954-）、韓東（1961-）和呂德安（1960-）曾都屬於1980年

代以南京為中心的他們文學社，以各自的方式有力地推動了口語化與（反）抒情性的發展。

　　朦朧詩的最初源頭，中國最早的文學民刊《今天》雜誌，1970年代末在北京創刊，1980年代初被禁。「今天派」的主將們，幾乎都是土生土長的北京詩人。而1980年代中期以降，出自北京大學的詩人佔據了北京詩壇的主要地位。其中，1989年臥軌自盡的海子（1964-1989）可能是最為人所知的，海子的短詩尖銳、過敏，與其宏大抒情的長詩形成了鮮明對比。海子的北大同學和密友西川（1963-）則在1990年後日漸擺脫了早期的優美歌唱，躍入一種大規模反抒情的演說風格，帶來了某種大氣象。臧棣（1964-）從1990年代開始一直到新世紀不僅是北大詩歌的靈魂人物，也是中國當代詩極具創造力的頂尖詩人，推動了中國當代詩在第三代詩之後產生質的飛躍。臧棣的詩為漢語貢獻了至為精妙的陳述語式，以貌似知性的聲音扎進了感性的肺腑。出自北大的重要詩人還包括清平（1964-）、周瓚（1968-）、姜濤（1970-）、席亞兵（1971-）、胡續冬（1974-）、陳均（1974-）、王敖（1976-）等。其中姜濤的詩示範了表面的「學院派」風格能夠抵達的反諷的精微，而胡續冬的詩則富於更顯見的誇張、調笑或情色意味，二人都將1990年代以來的敘事因素推向了另一個高度。胡續冬來自重慶（自然染上了川籍的特色），時有將喜劇化的方言土語（以及時興的網路語言或亞文化語言）混入詩歌語彙。也是來自重慶的詩人蔣浩（1971-）在詩中召喚出語言的化境，將現實經驗與超現實圖景溶於一爐，標誌著當代詩所攀援的新的巔峰。同樣

現居北京，來自內蒙古的秦曉宇（1974-），也是本世紀以來湧現的優秀詩人，詩作具有一種鑽石般精妙與凝練的罕見品質。原籍天津的馬驊（1972-2004）和原籍四川的馬雁（1979-2010），兩位幾乎在同齡時英年早逝的天才，恰好曾是北大在線新青年論壇的同事和好友。馬驊的晚期詩作抵達了世俗生活的純淨悠遠，在可知與不可知之間獲得了逍遙；而馬雁始終捕捉著個體對於世界的敏銳感知，並把這種感知轉化為表面上疏淡的述說。

當今活躍的「60後」和「70後」詩人還包括現居北京的藍藍（1967-）、殷龍龍（1962-）、王艾（1971-）、樹才（1965-）、成嬰（1971-）、侯馬（1967-）、周瑟瑟（1968-）、安琪（1969-）、呂約（1972-）、朵漁（1973-）、尹麗川（1973-），河南的森子（1962-）、魔頭貝貝（1973-），黑龍江的桑克（1967-），山東的孫磊（1971-）宇向（1970-）夫婦和軒轅軾軻（1971-），安徽的余怒（1966-）和陳先發（1967-），江蘇的黃梵（1963-），海南的李少君（1967-），現居美國的明迪（1963-）等。森子的詩以極為寬闊的想像跨度來觀察和創造與眾不同的現實圖景，而桑克則將世界的每一個瞬間化為自我的冷峻冥想。同為抒情詩人，女詩人藍藍通過愛與疼痛之間的撕扯來體驗精神超越，王艾則一次又一次排練了戲劇的幻景，並奔波於表演與旁觀之間，而樹才的詩從法國詩歌傳統中找到一種抒情化的抽象意味。較為獨特的是軒轅軾軻，常常通過排比的氣勢與錯位的慣性展開一種喜劇化、狂歡化的解構式語言。而這個名單似乎還可以無限延長下去。

　　1989年的歷史事件曾給中國詩壇帶來相當程度的衝擊。在此後的一段時期內，一大批詩人（主要是四川詩人，也有上海等地的詩人）由於政治原因而入獄或遭到各種方式的囚禁，還有一大批詩人流亡或旅居國外。1990年代的詩歌不再以青春的反叛激情為表徵，抒情性中大量融入了敘述感，邁入了更加成熟的「中年寫作」。從1980年代湧現的蕭開愚、歐陽江河、陳東東、孫文波、西川等到1990年代崛起的臧棣、森子、桑克等可以視為這一時期的代表。1990年代以來，儘管也有某些「流派」問世，但「第三代詩」時期熱衷於拉幫結夥的激情已經消退。更多的詩人致力於個體的獨立寫作，儘管無法命名或標籤，卻成就斐然。1990年代末的「知識分子寫作」與「民間寫作」的論戰雖然聲勢浩大，卻因為糾纏於眾多虛假命題而未能激發出應有的文化衝擊力。2000年以來，儘管詩人們有不同的寫作趨向，但森嚴的陣營壁壘漸漸消失。即使是「知識分子寫作」的代表詩人，其實也在很大程度上以「民間寫作」所崇尚的日常口語作為詩意言說的起點。從今天來看，1960年代出生的「60後」詩人人數最為眾多，儼然佔據了當今中國詩壇的中堅地位，而1970年代出生的「70後」詩人，如上文提到的韓博、蔣浩等，在對於漢語可能性的拓展上，也為當代詩做出了不凡的探索和貢獻。近年來，越來越多的「80後詩人」在前人開闢的道路盡頭或途徑之外另闢蹊徑，也日漸成長為當代詩壇的重要力量。

　　中國當代詩人的寫作將漢語不斷推向極端和極致，以各異的嗓音發出了有關現實世界與經驗主體的精彩言說，讓我們

聽到了千姿萬態、錯落有致的精神獨唱。作為叢書，《中國當代詩典》力圖呈現最精萃的中國當代詩人及其作品。第一輯收入了15位最具代表性的中國當代詩人的作品，其中1950年代、1960年代和1970年代出生的詩人各佔五位。在選擇標準上，有各種具體的考慮：首先是盡量收入尚未在台灣出過詩集的詩人。當然，在這15位詩人中，也有極少數雖然出過詩集，但仍有一大批未出版的代表作可以期待產生相當影響的。在第一輯中忍痛割捨的一流詩人中，有些是因為在台灣出過詩集，已經在台灣有了一定影響力的詩人；也有些是因為寫作風格距離台灣的主流詩潮較遠，希望能在第一輯被普遍接受的基礎上日後再推出，將更加彰顯其力量。願《中國當代詩典》中傳來的特異聲音為台灣當代詩壇帶來新的快感或痛感。

# 目次

【總序】朝向漢語的邊陲／楊小濱　003

## 第一輯 （2006－2012）

天真與經驗之歌　018

草地上　020

鄉治人　022

郊區作風　024

宅男──東京作　025

野蹟海灘　027

學術與政治──東京作　029

海鷗　030

少壯派報告　031

好消息　032

在恒春海灘　034

空軍一號　036

包養之詩　037

尊重　039

周年　041

櫻花樹下　044

烏蘭巴托的雪　046

我們共同的美好生活（節選）　048

Puppy　062

重逢　063

一個作了講師的下午　065

教育詩　066

夏天的回憶　068

飽暖　069

矯正記　070

高峰　072


**第二輯**　（2002－2005）

高校一夜　076

四周年　078

中秋　081

送別之詩　084

給──（仿魯迅與高長虹）　086

流金歲月　087

寵物　088

古猿部落　089

詩生活　090

網上答疑　092

固執己見　094

劇情　095

富裕測驗　096

鳥經　097

傷逝　099

臨睡前　102

內心的葦草　103

生活秀　105

另一個一生　108

家庭計畫　112

友情詩——給向祚鐵　113

惺忪詩　115

我的巴格達　117

即景　119

滅火　120

花蓮　123

邊陲的刻度　125

第二輯 （1996－2001）

情人節　130

愛的坦白（或民主作風）　135

《婚姻法》解讀　137

夢中婚禮　139

罪中罪　141

看　143

滬杭道上　150

童話公寓——致一位女房東　152

編輯部的早春　153

小的羅曼思　155

與班主任的合作　158

裝修與現實　162

機關報　164

奧伏赫變　170

三姊妹　172

慢跑者　174

秋天日記（節選）──仿路易士・麥克尼斯　177

畢業歌　189


跋　201

第一輯

（2006−2012）

# 天真與經驗之歌

老爸，你得支持我，我懷上了
壞東西，我的胃，還是梯田
承受不了新作物，我的男友們
換著新皮鞋，還不明真相和事理

昨晚，那些花花綠綠的影子
扛了編織袋，找上了我，他們
手拿小廣告，介紹各種荒唐事
結果，我吐了，難受得暈了過去

在夢裡，又見到同齡人，站在電視上
臉上塞了塑膠，肚子也尖尖
後來，他們紛紛跳下來，抱怨出身苦
或是手腕彈出長長纖維

變身蜘蛛俠，一下子無影無蹤
因此，老爸，你說點什麼吧
安慰的話、勵志的話、哪怕糊塗的話
比如，你說為富的不一定不仁

我就關了手機，嚼碎鴨脖兒與雞翅兒
比如，你說起跑線不一定爛污
我就冒雨產下一個跨欄選手
他腳踝尚且有勁兒，襠部更是嶄新。

2012

# 草地上

1977年，幾個壞人早被揪出

高考選拔了其他類型

舉國蟬鳴替代了舉國哀音

落榜的小青年只能在床上出氣

一些人因此被草草生下

遺傳了普遍的怨怒和求知欲

等他們長大，長到才華不對稱身體

失意的雙親已去了深圳

已去了海南：面朝大海，打開電扇

沒有一場廣泛無人賦閒的革命

沒有轎車吹著冷空氣

開過萬物競價的熱帶海岸

誰也不會輕易北上

30年後，因了一筆拆遷款

才有了看望下一代的本錢

等到他們輾轉著，從天行的軌道

滑落入這數字的小區

卻吃驚地發現草地上，早已佈滿

晃動小手的新生兒

我知道，他們皺著眉頭

其實只是縮小成侏儒的祖父母們

已懂得背過身去示威

已懂得將尿濕的旗幟漫捲

2011, 5

# 鄉治人

水裡游著電動魚，但沒有大蒜
和綠豆，在天上整齊地飛
一行人簡單入住、吃茶
對了鏡子，翻譯各自心裡話。

窗外的水鄉，幾乎如畫
橋上行走的便衣，幾乎都是
新四軍後人——他們打工與否
算不上重點，家事狼藉一片

只要控制了農藥。下一步
是花高價，從敵國買回錦繡工藝
那被擄去後又發達了的姊妹
果真能為此，坐了小巴

謙虛返鄉？像犯下了心臟病
來訪者突然臥倒，原地
去細查一顆水稻：它綠油油的身世裡
有耐藥小蟲奔走擔保

終於，飯後長談觸及社會根本

間或提到若干大省首腦

有人層巒疊嶂地躺到床裡

自動加息，那一角漫溪中的韜晦

2011

# 郊區作風

穿體面點兒，就能像個仲介了

每個早上，打開洞穴，騎電動車衝出去

人生，需要廣大綠色的人脈

那隨便放狗咬人的、隨處開荒種菜的

人其實不壞，就想花點閒錢撒野


剩下的日子，熬著也是盼著

週末得空：上山吸氧，採摘熟爛瓜果

深夜不睡：寫寫打油詩維權

即使不能如願，北邊窗戶下

那些開往包頭的火車還是甜蜜的


甚至空了所有車廂，一整夜地

蹂躪著鐵軌──惹得枕邊人

也惆悵，忙不迭在被窩裡

為秀氣的身子，插一朵紅花。


2011

## 宅男
### ——東京作

不知何時起，沿了小鐵道
我養成散步的好習慣
見到黃狗，就用世界語問好
偶有電車經過
就隔窗猜想一段恨史：
哪個白領麗人，被騷擾經年

道邊風物，卻一貫井然
小花小草有人照料
便民公廁，出自本區稅金
無關兩黨站街、揮汗扯皮
致使一個無黨籍老年混混
支配了大都會的將來

我住得不夠久，將來也不想
有任何份——不拘格套地
能留下一點什麼呢？
於是夢想有火起、有偷盜
有忍無可忍的凶案
有警察破門闖入，穿了大大的防彈背心

勒令我屈服，喘息

發出嘶啞的異國口音

我由是被拘捕、被羞辱

被蒙了面罩，出現在電視上

被熱鬧地起訴，又被靜悄悄地撤訴

送上了飛機，被引渡到專制的國外


在那裡，有很多我不認識的人

凱歌一般地走路、睡覺

也有一兩個我認識的

早生了華髮，酒後愛唱《驛動的心》

2011

# 野蹟海灘

那些看不見的島，敲鑼打鼓
不見得住著十萬神仙
宴會上的螃蟹，舉手舉腳
投出反對票，結果拆卸之後
成了美味中的純裝置性

兩個親密的人，還可以講民主
一起睡到空調下
大海臨窗，像臨窗遞過一隻綠色臉盆
他們夢中的臉，髒髒的
彷彿遭受過鞭打
他們身子下，流出了細沙

公路輾轉，卻從蒼翠山巔相繼送來
更多大國觀光客
他們拍照、尖叫，就差在海灘上
升起一面五星旗幟
潮水適時捲走一架尼康相機

一切旖旎風光報廢
幾張痛苦的婚前不雅照
卻被意外地保留了下來

2010

## 學術與政治——東京作

趁驕陽尚未轉至窗口
惡犬還睡在它的搖籃
趕快扒開鍵盤的毛髮
連續敲出一份萬言書

思想換文體
生活換汗衣
軍委換主席

然後，乘早班電車，去海濱大學報到
颱風中隱現幾個老熟人
島和島，不拉手
始終是親戚，過去打個招呼
抽空收集鳥獸的名片

東亞也太大！那來自臺北的學術
沒有來自首爾的激進
無傷大雅吧——棒殺與捧殺
到底取決好身材。

2010, 11

**海鷗**

原來如此，手段不相上下

我站著拍照，鏡頭像漩渦吸入了萬有

你展翅追蹤，向世界吐露惡聲

海水不平，山木也嶙峋

油炸食品沿曲線低空拋出

卻吻合了大眾口味，也包括你我

相逢瞬間各取了需要

2010, 7

# 少壯派報告

坦白總是好作風，沒有教官同睡

在床上也得直挺挺

何況來你我自小地方

父母經營家族商社，倒賣近海魚鮮


在落花的高等學府

課業本無常，人生卻總有水平線。

跟了前輩，朝九晚五地飛吧

那些美妙的神經質的事情

求之不得，又總使人心思煩亂


終有一天，論文的草稿裡

會撲棱棱躍起一大群野鴨子

或呼啦啦地站起一大群猛男

他們一批批地出征

曾腐爛在了亞洲腹地


穿著考究的時候

就拿自己當了局外人

紛紛行走在AV片中的外景空間

# 好消息

好消息就是壞消息，從天外傳來

讓在場的人都尷尬：該住嘴了嗎？還在維權嗎？

礙於面子一定不能吹口哨嗎？

還是靜悄悄走出去，書寫隱私的博文？


大街小巷，即將吐出濃濃秋色

文學講師終成正果

全球正義繫於兩三個人


當年四君子，都是好同志，

（不一定漁利在先，反體制在後）

入行的新青年，饕餮未成

已被警方帶走，並滿意地接受了盤問


沒有參與的其他人

「你們要好好照顧自己喲！」

這是權力更是責任

今後，氣候料定逆轉

嚴冬也可能是苦夏

希望鍛鍊心肺的伸縮力

倖存到活劇落幕的一刻

2010, 11

# 在恒春海灘

反倒是我們之中的長者，最先建議裸泳
年輕人只用抽煙的稀疏的影子附和
暗地裡，他們擺弄新買的草帽
把海灘人物和飛鳥收藏進相機。

平日裡，他們的表現果真動物性
在餐桌邊貪吃又好辯，在異鄉如在故鄉
舉止輕率不穩健。他們的可愛處
被長者看在眼中，喜憂參半在心上

此刻，雨點打在沙子上，打在各種印象
的相互反對與相互依戀中
彷彿萬物初始，就如此亂麻一團
但60年了，海水沒有真的變老

還能挺起白沫的前胸，吸引年輕一代
當然，它也沒能變地更有力
能真地推開這座島，露出下面
暗紅的山口和那些犧牲掉了的水鬼。

隔著海，年輕人叫春，叫勁兒，發郵件。

我們之中終於有人下海了

他並未褪去省籍，裸露處卻傲人平坦。

海水又一次次禮貌地送他輕鬆上岸。

2010, 6

# 空軍一號

飛機穿越雲層，帶來列島的焦慮
那些匍匐在海礁上
演習的官兵，才習慣了說hello
又要唐突地豎起自己
在燈火通明的沖繩縣廳

可是你，「黑身體」的大統領
「黑身體」的大情人
今夜，又下榻在哪裡？
隔壁，又睡了哪一位白身體的
照耀了亞洲事物的國務卿？

從太平洋暗流中，誰又能
慢慢游過來，露出
圓圓的帶星星的軍帽
敲敲你的腰，說：

「老兄！時候尚早
我們出去走走。」

2009, 11

*仿大學時代喜歡的詩作〈給黑身體的情人〉，作者李朱。

# 包養之詩

我從遠方來，他是外地人
歌廳的相識總還浪漫
雖然他60歲了，60年的饕餮
不影響吃飯時像餓狼
其他時候像老虎

這兩房一廳，在熱鬧的郊外
掩人耳目不只為了偷歡
大家都是苦出身，他白手起家
不喜歡撫摩，只沉溺於實幹
——而夜晚總是短暫

在漫長的白天，我會去成人學校
補習會計與秘書學
到了春天，還計畫將父母接來
他們心知肚明登上飛機
吞下北京的風沙

滿足地接受一切，但等到
四人吃飯，滿桌魚蝦火紅
他們的臉色還是古怪。

——自強從來是本色
長恨的歌曲連唱不完

他蒙冤入獄，讓我淚水漣漣
但存摺上小小的20萬
足夠讓家鄉的山河轟響一陣子了
秋涼乍起時，我又順便考取
本地走讀的師範學院

2009, 6

# 尊重

我不尊重制度，這沒關係

所有朋友都貌似一樣

但我不尊重水草，不尊重自然界裡

那些維繫我們呼吸的機器


我在湖泊上穿著皮鞋

在城市裡，學著像雲一樣地社交

缺少惡的取向，更缺少善的勇氣

所以到了晚間，漆黑一團


我只能像刀子一樣

裹緊棉被睡覺，聽任身體的

尖銳處，淌出酸痛的水滴。

這世界只剩十幾個平方


這冰箱裡，只剩一顆會說人話的人頭。

但總有好事者提早報廢

好讓一個覺悟的階級，在上班時分

看上還不致過於擁擠

我不尊重少數人的犧牲
就像我不尊重颱大風
還出門工作的推銷員，但我尊重
他們將一年的積蓄

像細小的塵沙，都穿在了身上
我尊重這種風格
即便我不尊重他們在鄉下
有弄權的闊親戚。

2009, 6

**周年**

那個下午，大地搖晃，短信頻頻
我們得到通知：該來的事情已經到來。
於是，個別詩人開始忙碌，拒絕輕浮
更多人集體肅穆，站到一處
彷彿亂局難耐，人類要集體洗牌。

隨後的一周，我也出席相關活動
其中包括：一場紀念朗誦在美術學院召開
文學不乏良心，但美術界動作更快
用罷招待晚宴，我驚奇地發現
草地上佈滿了被當成作品的碎磚

年輕人信仰創造力，為此徹夜不眠
老年人信仰佔有這些的創造力。
我一貫怨憤的朋友
忽然出現在臺上，也像老人那樣
穿著中肯，並慷慨發言。

我終於缺席，逃回自己的小圈子
也徹夜實驗一種新的創造力
（那「力量」果然堅挺

居然折磨我到了天明）
我們討厭辯證的觀念

卻總將辯證的內容輕鬆實踐。
但實踐論總歸是矛盾論
我們解決不了普遍的失業與失眠
解決不了憂鬱的經濟和家庭體驗
大地終於撕開了它花俏的外衣

露出循環的山岩和桌椅
還有死者的短信，尚未發出
它如此簡潔，以至感動了最卑劣的小人
這大地深處的能量
渴望著形式，渴望著被瞭解

它果真擁有意志嗎？
幾個月後，我原本的愛人隻身參與
想有所關聯，但又旋即返回
身體明顯消瘦，重逢的那一夜
她努力保持沈默——到底經歷過什麼

而今我已無法傾聽。

總之，該到來的總會到來

我背著一盞檯燈、一台電腦

飛過了夏天和冬天，又飛過了大海

如今，落在了這間新公寓裡


萬籟俱寂、碧海青天

──我登上天臺，獨自去檢閱

那些兔子、蛤蟆、癡漢、衛星、或者導彈

萬物伸出新的援手，卻不能解釋

我至今遲遲不能開口的理由

2009, 5, 12

# 櫻花樹下

應無政府教授之邀，花前月下
終於可以在法制外修身了
苦悶的日子要更善交際
正如那些樹，比想像中偉岸，沿著海
在黑地裡怒放不休
哪怕來路和去路，都缺少夠格的癡漢
再看日本女優的平胸處
正是近代史的迷人處
他們吃魚，造電器，脫去亞洲衣服
他們的勤奮，陪襯了我們的懶惰
他們的禮貌，正是我們的陰謀
他們善於營造細節、安排日程
為了一張桃木桌子晝夜開會
分出民主與自由的黨派
可他們更善於在地下修路
在花下疾走──人和鬼
喜的神和怨的靈
看來，我今晚要建造神社了
把七十年代囫圇塞進胃口。
但做夢沒有兌換率
不管一衣帶水，還是同文同種

教授只說成熟的民主太壞

而中國廣西有一個百色

那裡的香蕉隨便吃

貪官裡不乏偉大之人

我說：哪裡，哪裡

一支太陽艦隊還凍在冰箱裡

不如一起出海遨遊吧

繼續喝麒麟的酒，看孤芳自賞的龍

在浪裡分享它的核子能

抱歉，抱歉──我有些醉了

言不及意了，但對於山口百惠等等

我終於有所幻想，卻總不非分。

2009, 4

# 烏蘭巴托的雪

星期一早起，誤以為還待在家裡
仍到衛生間裡找水喝
或將襪子翻過來重新穿上
就當昨晚的事，並沒有真的發生

可外面飄雪了，只不過一夜間
草原就急急地退走
露出一大片的日本車
陷入無邊與泥濘，這情形

其實我們早已熟悉
一個多世紀了，從東京到北京
如今又到了這裡
中間也有行路人，鼻直口闊

臉上帶了滿足的倦容
他們剛剛在風雪中悶熟了土豆
又要上班去，肩上的獵槍
換成一支支的黑雨傘

但我還穿著底褲

在BBC與CNN之間匆忙轉換

看見白頭主持人一貫傲慢

而今，卻說起無產階級英語


我將信將疑，似懂非懂

猜想天下或許有大變

——不是故鄉的大山變成了金色小丘

也不是平壤變成了北京


唯一的可能，是我們的料想

即將成真，於是我決定穿衣下樓

去參加遠東熙熙攘攘的詩人大會

並在朗誦的間隙，穿插外語


如Black Monday之類

弦外之意：這場好雪，恰是時分？

2008, 10, 6

# 我們共同的美好生活（節選）

## 1，詩與真

6年前，我就來過這兒
帶著新鮮的肺和臉
左顧右盼，看個不停
結果，車子撞在半山腰
民族司機被警察帶走
我聽見身下江水的咆哮
在山中，還有人高聲斷喝
──有何貴幹？

那時，我無家累，無房產
認真讀書，也沒超過十年
怎麼可能有答案？
結果，他們逼我不停喝酒
說一兩個內地笑話
我缺氧，口拙，講不清
像塊石頭從雪嶺滾下
滾到了車裡
又滾回了北京

北京原本圈子多，我怕生

缺錢，女友不小心得了憂鬱症

所以主動住到了五環外

其他的一切皆被動

那裡小區空氣好

人心也綠化，鄰居多是

地頭蛇，基本沒精英

我只能看電視觀天下

知道6年來，國家大勢向好又向壞

但西部的開發沒落空


鐵路運來更多背包客

公路運來更多四川妹

他們也狂喜，也嘔吐

做夢時，老家也升高三千米

但他們人忠厚，不提問

只把命運和鈔票糾纏

結果6年只是一瞬間

他們中的佼佼者

如今，可能已睡在了一起。

## 2，流年

這一年，多煩憂，家事
國事不平坦。新人類們在海外
遊行，口號，不主張去超市
他們的長輩隨後趕到

還是花半天，就玩轉了巴黎
如果再花上幾十歐
還可看洋妞脫了衣服跳舞
這計畫略顯誇張，但尚可容忍

這年春天，我坐在電腦前
彎著頸椎，和所有人一樣
像在旁觀又像在詠歎
一個瞬間，1/3的省倒塌了

全民捐血又捐錢，我徹夜關注
順便偷看了一個人的博客
發現她對我，其實沒成見
結果春天過去了，我基本啥都沒做

只等來了一封拒絕的郵件

這次是個英國人，在遙遠的海岸說：Regret

他大概肥胖，名字大概叫約翰

（約翰啊約翰，真的好遺憾！）


所以，到了夏天，我無處可去

只好捏了一張機票

睡上兩千公里，又斗膽來了高原

嗨，風景還是舊相識


只有湖邊的大城，略有新變

著陸後，我們照例先吃了羊肉

後逛了書店，買上稱心的地圖

就帶太陽鏡，神氣活現地亂走


彷彿此行只有衝動，沒有路線

其實，此行的政治還正確

我們的確認真討論過

那是4月的一個夜晚，清風送爽

也送來了幾個喝多的少年

「青海……羚羊……無人區……唵，好的！

……紀錄片……男女搭配……後殖民……扯淡……」

那天，我們其實談了很多


包括海闊天空，江山剩了半壁就不好退換

## 3，青草坡

牛羊站在山坡上，不聽輕音樂
也不看我們暴露出來的東西

人可不這樣，出城三個小時
就喊著要下車，他們的攝影器材

已脹得很難受。好在草原遼闊
人守規矩，自動分出了左右

還仔細收好各自垃圾
即便藏狗跑了來，他們也不慌張

能耐心聽它汪汪地講道理。
但一回到家，他們可就全變了

他們習慣吃完飯，就穿著旅遊鞋睡覺；
或者徹夜不睡，和親愛的人

一同喪失理性；為贏得異性尊重
他們還習慣為無聊的事業獻身

在思考時，習慣露出大大的犬齒
他們的生活已無可救藥

可還是習慣在臥室裡鋪上地毯
感覺自己是睡在草原上

以為睡著的時候，會有鷹低低飛過
啣走他們身上，那些已經死去的東西

## 5，小歷史

白皙的種族最迷人。遷徙幾百年後
他們不再示威，也不想請願
他們的日子已接近小康
只想著種花，只忙著做飯
他們的清真寺是建在家裡的
他們的音樂會，袖珍到了枕頭邊
他們走遍了大江南北
不是為了吹牛，只為推廣牛肉麵。


但他們仍虔敬，戒煙酒
因而，他們的血管比我們的更通暢
他們的文明也更耐久
每到深夜，他們的子孫都沿著大街
悄悄地長跑，他們的子孫
可以不去上學，但仍被准許了未來
在傳說中，他們的老婆最美
最多可以娶到第七個

前提是每一個必須被同樣滿足

他們的生活，因此有可能多樣化

不必發展對抗苦悶的技術

但這技術正被無限推廣

舉個例子，在溫州商廈的二層

那戴面紗的兩個

或許就是某某的老二和老三

此刻，她們正交頭接耳

商量著購買晚間的內衣和新工具。

## 6，庭院中

一抬頭，看見小山金燦燦

雲朵透明，不是照妖的鏡子好奇怪

院子卻收拾得乾淨（所有院子一個樣）

花木齊整，主客對話也簡約

像是事先經過了排練，小孩子的邋遢

和他們的作文最醒目

錯字不多，但都按了規定言情

在結尾寫到受災的四川

內室無人，只有滿屋子電器嗡嗡工作

我們自顧自抽煙，裝沒看見

## 7，人類之詩

在藏文中學，小雨淋濕了操場
學生們只好從體育的世界裡
原路返回，卻吃驚看到了陌生人
他們有鬍鬚，樣子還斯文

漢人都這樣，看來聰明，但沒危險
漢人的城市也是他們的城市
陌生人說來自北京，學生中的少數
曾計畫去那裡大發展

政治老師贊同這個想法
以自己為例，激勵大家學漢語
歷史老師跳出來反對
說學好漢語，是為了將來寫詩

原來，老師自己是個寫詩人
知道漢語和詩，其實兩回事。
作為80後，他的成熟讓陌生人驚訝
「我只關心人類，海子說的不對」

## 9，褒貶（山水）之間

總的說來，此行不壞
公路修得暢通，酒店也還體面
枕著車輪，安全地睡了十天
還有好心人照料三餐
更無人好事，再捏了嗓子提問

但我沒出息，一路上睡得太多
吃的很少，謹從這裡先知的教訓
即便是醒了，也故意不睜眼
彷彿通漲的年代，在醒的時候
也有必要儲蓄更多的睡

這不是假話，6年來
我始終小心翼翼，慢慢理財
充任一屆好公民──為獎勵自己
去年冬天，我還去了一次熱帶
為一個人妖歡呼，歡呼他（她）

竟然擁有兩套系統：一套用來奮鬥

一套用來否定、用來愛

居然兩套系統，還都很正點

而我們只剩了睡眠

睡醒了，又對一切保持厭倦


說實話，我們也厭倦了自己的厭倦

所以車子翻山又越嶺

我們主動找驚喜，遍讀通史

下車綁架更多的本地人

最後還是看新聞，激動了一點點


（有群傻瓜在貴州合夥圍攻了縣府）


事實證明，我們的厭倦系統

根本不能證明什麼

江水咆哮，帶走車輛的殘骸

其實6年前我已不是我

搭車下山的，已是一個睡魔的替身

2008, 8

**Puppy**　沒有你的時候，我也會主動看門

咬著皮球傾聽樓下的動靜。

白天好漫長，鐵欄外的太陽

千重又萬重──有時，我發呆

口水流在地上，打濕地毯

地毯買來才不久，但已見證過激情；

我酣睡，身子像被火車碾過

讀過的書都露在了外面；

有時，我還口渴，從廚房晃到臥房

像個魅影，我找不到水

只找到看不見底的井；

更多時候，我肚子餓著，只能看電視

《動物世界》裡沒有同類

我餓得頭暈，卻不敢去碰那些麵包

一個夏天，冰箱裡的麵包

早已發黴，彷彿一小塊舊稻田

在那裡，我們曾放棄，也曾埋了玩具。

2008, 8

# 重逢

兩個友人坐進電視裡
神色有點慌張，肯定是顧及到了
電視機外我的存在
其實，我不過是坐在一眼
焦黑的井裡，連晚飯
還沒吃上一口，還有大筆的
房租要繳，根本不想等待一個時機
悄悄爬出來

他們太多心了
連頭髮也染成了秋天的顏色
生怕不被我誤認為樹
在手裡，還一直攥著黑暗的土
以為那就是見證
曾糾纏過、生長過、又被揉成一團
丟進地幔的抽屜裡

但他們還是開口了
說起學生時代，多麼矯情、燦爛
在睡夢裡都有一隊隊少女
坦克般碾過

似乎只有外星人，沒有在輕薄之後被遺棄

如今，大家成功了

還時不時回去漫步

為了尊重舊日青草地

高級吉普，停在遠處深深的林蔭裡


說到這裡，他們交換了抱歉的眼神

　　　顯然在迎合我此刻的心境

我的眼裡，也當真

佈滿黏稠的泥漿

因為在井底，我抽煙、喝茶、打字

甚至挖出過一具吉他的遺骸

但從沒想起過他們

一次也沒有

2007, 11

## 一個作了講師的下午

黑壓壓的一片，目光怎能這麼輕易

就分出了類型：男與女、正與邪、昆蟲和外星人

時光也從左臉放縱到右臉

停下的時候，就下課了，講臺像懸崖自動地落下


原來，這世界大得很，每一片樹葉下

都藏了一對偷吻的學生，在那一泡像被尿出的但並

　不因此

而著名的湖上，也浮了更廣大的墳


不需要準備，就可以放聲，就可以變形

——時刻準備著，但據來電顯示

我的變形要從鱗翅目開始，也不輕鬆。

2007, 4

**教育詩**

車子轉過街角，就看到了她們

靴子潔白，上身隱約透出鹿紋

司機也放慢了車速，似乎心領神會

——這夜色正漫長

不妨隔了車窗，問候一下

那些花苞和枝椏的凍傷。


她們，卻既不牽扯，也不搭訕

只是站在被選擇的一邊

單腿站在星空高大的牆下

星空也真寥廓，細長的銀河外

正閒逛了幾個瘦小牛郎


你感覺到了對稱，於是

縮了脖子，想將套中溫暖

保持到最終，但街的另一邊

牛肉麵館的燈火

亮得怕人，幾個新疆人


鷹鼻深目，像剛從壁畫裡走出的

看情形，是要將一切接管

好在這一切，都會在瞬間滑過
最後的那一個肯定
是最年少的，她彎著小腿

做出跳躍的暗示，彷彿前面
就有一片溫潤的草場
車燈閃爍下，你還注意到
為了淺嚐這社會之黑
她甚至塗抹了一點點嫣紅的駢枝

# 夏天的回憶

穿著短褲，坐在一張照片裡，山路
急轉，露出蒼山之巔

向下望去，閒置的房產更多了
河水環繞新發小區，賓士車尾隨馬車之後

天空像是蹲了下去，又吃力地把一片雲舉起
為的是照顧他們打開電話

好查看妻兒的短信，卻無意中看到
被山風颳走的高大身影

更多的登山者，為了減肥，才汗流浹背
吞吃藥片，但最終花了38元

好在纜車上讀書、親吻
嫌社會生活不夠短促

岩石邊，只有你發出了藍光
隨身攜帶的兩顆心臟，有一顆已耗盡了電能

**飽暖**

冬天未至，氣溫在胸口協管了
匆忙的裝飾和親吻
花哨的青年總是匆匆的
有力地進食，然後有力地男女

伸著脖子看菜單，趣味和話題
總在天邊外，就像燒鵝
與烤鴨，生前一個
有過羅曼史，另一個更博學點

大餐後，也嘗試聚攏思想
但體力都有點不支了
只有羊肉，堅持到最後
在盤子裡，像是一小堆烈士的繃帶

2006, 11

# 矯正記

裝上了矯正器，你的嘴部明顯突出了
好像時刻在為了一點小事而賭氣
你的話也明顯少了，於是黎明變得更安靜
可以容納更多液態或氣態的飛機

但我還是背了大包，照常獨自出門
歸來時已是深夜，耷拉著一對酒精的肉翼
——矛盾，憤怒，又遲疑
你卻不再講話，閉著嘴，像一棵樹那樣

在我身邊倒下，發出黯淡的、山巒的、油漆的味道
其實，在油漆過的樹林裡，樹
本來就不多，你怎麼還能這樣呢？
它們紛紛倒下了，變成書櫃、衣櫃、碗櫃、鞋櫃

變成放電腦的桌子和可以折疊的椅子
你甘心像它們一樣嗎，在移動的陽光中
等待不可能的移動，等待一點星星之火
將一切的實有，化為一丁點的虛空

如果不能，就讓那些金屬的枝條
在你齒間盤曲、蔓延吧，甚至穿過臉頰
開出了鋸齒狀的葉子，這麼多年了
任何美觀的刑具，我們都還沒嘗試過

其實，這麼多年了，我也習慣了
坐在沙發上，看繽紛畫屏，看四壁落滿腳印
就像坐在泥石流裡，看眾鳥高飛
看周圍高低錯落彼此一點點崩壞了的山

2006, 11

# 高峰

沒奈何，這預料中的前戲

乏味又短暫，一場新雪

在我們身上，還沒深深浸潤過

還沒真的興奮過，烏雲

就被拆走了床墊

露出的豪宅，不過是小戶鴿籠

敞開向餘生


好在，約定的時間未到

可以先駐足參觀：樹梢上

掛著凍紅的果實

草地下，埋了游泳的會館

這社區風物，竟如此熟悉

像被——夢到過

甚至像被快樂地多次享用過


你卻說：其實是眼球的凸面

沾了水汽，從B2到B3

只有向下挖掘，財富

才露出它的核心

我咕噥了幾句，嘗試另一種

反駁：其實只有貧窮
才俗氣地諱莫如深


話不投機，還是一起攀登吧
扮演牽手的夫婦，在裸體樓梯上
辨別飄忽的陌生人：
你看，那疲倦的運水夫
肩扛了一大桶郊外的湖


那眉毛高挑的快遞員
唇上還賣弄一抹油膩的遠山
那壓碎了小指的修鎖匠
只能靠拇指工作，撥開樹葉下的彈簧
那瞌睡的、來自安徽的小保姆
則惦記起老鰥夫
和他升天的哈巴犬


跟我們一起攀登吧，陌生人
這高樓不過十幾層
這快感不過十幾重
什麼吵吵嚷嚷、花花草草

全是心頭未了的貸款

（我們都是過來人）

可有誰沒能按月地償清？


但在那裡，一切的峰巔

北風也曾強勁地狡辯

我們按下門鈴，說明來意

卻意外地發現：大臥室

套著小客廳，男主人臉色闌珊

反穿了拖鞋，白牆上

有女主人疾行中的腳印

2006, 1

第二輯

（2002–2005）

# 高校一夜

究竟什麼發生了改變，青山
依舊飛過了操場
校園還是劃分了陰陽
所有人，還是那樣在沉睡

他們睡在草葉下，睡在電話邊
睡在靜靜的湖面和高高的水塔上
他們甚至睡在了垃圾袋裡
張大的毛孔，滲出過
粗魯的外語和罪孽的花香

十年前，他們就這樣沉睡著
但所有沉睡的人，又似乎都在埋伏
用身子抵住床板，所有在埋伏中
變得吃力的人，又似乎在偷笑
都得到了暗中的好處
只能顧此失彼嗎？

在蚊帳深處捕捉兩隻染色體

紅色與綠色，螞蚱與蜻蜓

2005, 12

## 四周年

盤旋的不是舊作而是舊妻
大宗的紙張和墨蹟在飛

這傢俬，是花三萬元買下的
怎麼能算不上小康

這誓言，是從電視劇裡學來的
怎麼竟讓你信了

坐進蚊子的血腥
吐出一個個樓盤，繽紛又虛空

於是，我們關了電視
摸著黑談判，銀河系巴掌大

怎麼能縱火後又縱慾
公寓裡都是主旋律

你看我沒話說，便主動換了睡衣
我抱了酒瓶，像抱了一枚火箭

這輪迴太淺顯，也太深奧
乾脆，捲了雲裡的地板革

靠一隻呼吸的風箏
就獨自過海，掙脫邪念

可夏天過去了，怎麼我還是
睡在這兒，嘴裡填滿紙屑、海沙

手裡攥著遙控器，還在
指鹿為馬，出完十年前憋住的冷汗

——拜託，我不是隱士，從來不是
我鬍子眉毛一把抓

需要的是理髮師，一夜剪刀喀嚓
殘忍地分曉了五官

我需要的還有泥瓦匠，唱兒歌、活稀泥
在無邊的獸籠裡翻修出樊籠

順便把我，也徹底砌進牆裡
你當然反對，並流下眼淚

我只好溜進冰箱，開啟了
下一枚火箭，但盤旋的不是舊作

而是舊妻，點火發射時
我還是覺得腳底踩空，眼前一黑

2005

# 中秋

她們來到街上，三三兩兩
露出秋天的肩膀。她們的男朋友
也來了，拎著玫瑰和月餅
襯衫下身體硬邦邦的
顯然，剛經歷了一個鍛鍊的夏天

變暗的天色中，大廈在遠處
突然亮起它的電子臉
釋放的激情，也綠瑩瑩
而她們，還是被簇擁著
向熱鬧裡移動。這情形持續

不過幾秒，已讓一個過路的少年
隱隱心痛，覺得世界就在近處
搭上一班不明的飛船
即將消失，只遺棄了他
和他的興沖沖。

可他還要不斷趕路
在單車上，展開了一對鋥亮的肉翼
（好忘記剛才一幕）
因為，那些俯身鑽進計程車
把大片的花香殘留在半空的

頃刻間，已成為一個獲救的階層
他們舌頭下壓著的文件
──就是證明。
剩下的，註定還要等在街頭
手機塞滿短信，膝蓋

發出寒冷的火星
模擬出一場普羅的求愛。
而她們，又站到了巴士上
載言載笑，屁股隨歌曲搖擺
終於，有人大聲咳嗽

像有所呼籲，但夜色陰霾
團結了更多的花心
作為通俗歌王，還有月亮
卡在深喉，使孔雀領口
有機會攀比勾魂吊帶

2005

# 送別之詩

看著你被一輛房車接走

短褲短襪,背著手提電腦

興沖沖趕往了第一線

想著每一次,都會有不同的轎車

在樓下磨蹭片刻

捷達、奧迪、帕薩特

一連串野獸的名字,替換了

豬獾、臭鼬,或果子狸


每一次,都是這樣

它們會在灌木上先蹭蹭屁股,

驚得寵物們一陣狂吠,然後揚長而去

消失在五環之內的新北京

在那裡,有燈光閃耀的現場

討厭的女編輯,四處約稿兼調情

而遇到的帥男孩,又總是同志。

在那裡,你不會找到快樂


但至少,可以擺脫不快樂

像登山的羚羊突然回到平原

為過多的氧氣昏眩

當然，我不會把我們六層的住所比作山
山上不會有這麼多酒瓶
也不會貯藏這麼多的書籍、大米和電影。

其實，你只想作一枚抽煙的植物
好無償接受雨露
只是我，即使睡覺時也打扮成了一個過客
堅持室內運動，堅持肌肉
和對自行車的信仰
好像每天早上都可能意外地消失
出現在世界的另一個地方

這一次的房車，卻說不出名字地高檔
虎頭虎腦，墨綠色
其實，不止這一次，每一次
都在心裡暗暗告別過，還把額上的頭際
狠命向後梳起，用髮膠固定
生怕在下一個地方
還被人看成是書生，一臉的梁山伯氣

# 給──

（仿魯迅與高長虹）

相見一談，總是難兄難弟

不見面時是情敵──躲著走

在雲南，說有人輕侮了你的絕技

在湖北，又說劉備忠厚

歎息了一個早晨。

兩年未見，業務蒸蒸日上

據說已擴展到月亮

在村裡買了別墅，養了犬

可還孑然一身吃醬豆腐

冰箱有味了，老婆寫完劇本飛天了

只有女兒留了下來

顛倒黑白地長大，乍暖還寒地哭。

而我乘了火車

一個勁往牛角尖裡走

南北物候，的確驚詫了小弟，

不像一貫尖刻的你

在不饒人處卻忽而饒恕了

## 流金歲月

電視關了，新一代主婦

外出找經驗，用大圍巾裹身

連讀的書也用上了

昆德拉兌換了高爾基

而新修的陽關道筆直到黃昏，可以跑過120邁

不，應該說

風景異幻，人事難料

我們的花腔女高音也終於老了

樹巔之上安頓了她的床

多少的第一次，就這樣有了第一百次

像在電影院看失戀

蹲在黑暗裡小便，淋濕大塊頭兒

# 寵物

我們的三餐，你從不垂涎
我們的話語，你從不偷聽
風吹開睡眠的褶皺
腦袋裡積著一片樹蔭

沒頭沒腦的時候，就人性了
打哈欠，讀英文
一到下午，太陽歪了
就不聲不響地睡到了牆上。

但一個下午，一個聲音
接走了主人：最後的投餵
帶著體溫，更像是從胃裡掏出來的
——我和你解釋不了

這一切：半空裡沒有個籃球場
光是睡著了，也不一定銷魂
其實用盡了利誘和恫嚇
過去，只為贏得你的心

# 古猿部落

樹林裡落滿果實，猩紅的地毯

源於地質的變遷

水退了，老虎的劍齒爛了

我們圍著空地商量未來

老的剛從進化裡爬出，揮老拳

少的已按捺不住舌頭，要第一個

去吃梅花鹿，移山的志向沒有

倒可以涉水，南方北方的

田野只是一張餐桌

所謂共和鬧哄哄

還是獨裁之秋趕走蚊蠅

好在我們都直立著

可以觀天象，徒手掙脫了食物鏈

但十月的勞動力

還是傾向剩餘：不需要畫皮，烹飪

肉身當木柴，只有公的繼續

將母的掀翻，朗誦牠的美

但要說出「我愛你」

至少春花秋月的，還要兩百萬年

# 詩生活

我幾乎在所有能找到的東西上寫詩

牙刷、雨具、屋頂的壁虎、床下的乒乓球

我甚至也在女友的肚子上寫詩

當然，寫的都是蠢話和廢話

說大師的肚子也被浮雲廣播過

剩下的小輩，高矮胖瘦的

亦步亦趨，走過了90年代。


夜裡失眠時，也會暗自琢磨

寫過的東西都哪去了，變成印刷的楷體小鳥飛走了？

還是轉化成持續的不平衡擠壓在腦後

堅持自我教育吧：寫過的才是經驗過的；

而夏天的窗子四面開著，枝葉紛披著

一葉葉，反叛的也就是被教唆的


除此之外，我還四處打探，在春光的自習室裡

朋友們互掏耳朵，自打耳光，說老婆

以交往中的猜想與反駁為樂

難道這些，都是喜劇的一部分
要由暑期講學的神來安排。
誰都不信，少年意氣，也懶得去說

只有野蠻女友敢於提問
抱怨我想詩的時候多想她的時候少
我只能從吃剩的魚頭上，暫時轉移筆觸
講解不幸的七種含義
摸著她身上的鎖骨和假山，聊勝於無

# 網上答疑

人們說，傳道解惑是天職之一種

我不幸坐在了這裡：今晚的答疑開始

歡迎踴躍提問，背景是喜多郎的音樂

前提是關乎生活的困惑。

其實老師也是苦出身，小時候

沒讀過唐詩，沒吃過牛乳，只是在電影裡

見過今天的小資，以及狂熱的情愛。

你們應該說生逢其時，從一出生就開始忙碌

學鋼琴，學書法，學在陌生人中

深一腳淺一腳地社交，直到現在學文學

所為不多，熱情總會戰勝狡黠。

但世界像魔方，會變出不同的花樣

我和你們一樣，也只懂得拼出一種顏色

然後就滿足了，放棄了，如同攥著一個答案離開了

     課堂

想像外面和裡面一樣，只不過「愛人」

改稱「老公」，新文化改編了舊感傷。

但你們的問題呢

在主義的胸懷裡所有舊問題都是新的

就像在地位的評估上，每個人都得脫鞋

露出鮮嫩的腳趾，讓春天去辨認。

好了，開場白夠多了，歡迎踴躍地提問

雖然我的臉會隱藏在這夜色裡

但聲音藉網路傳遞到千里

你們不能認識我，但老師知道你的心

固執己見

在柏油路上，有時要故意踉蹌
甚至摔上一跤，討巧不是一切的技巧
新開發的山谷總會舊了、埋沒了
新交的女友也會包容起三餐，變醜
像蒙太奇的夏天，新潮的四肢
總會是組裝的，當一個傻子被提拔成博士
出道後，他還要朝三暮四地奇妙
只有龍的形象沿襲不變
長嘴環眼，鬍子像強盜
還能虛幻地消失，見不到首尾
這祕密的深處可淹沒膝蓋
但對有心人，不過淺處裝了電燈泡
亦步亦趨地探索吧，我的經驗
是被教訓過的，是被發揚過的
人生得意需存檔，至於結果
就──就──就不告訴你！

# 劇情

這個早上不會有大稀奇

遲遲不來的，還有預報中的雨，

於是，某人的電視臉就打開了

差遣雷公和電母

去一個有線頻道裡，練曹禺的對白

剩下的新聞不用瞧

都是昨晚的舊聞

剩下的大夢還得趕著做

有今天沒明天的，劇本沒寫完

觀眾席可不能老空著

當然，好天氣不是肥皂劇

集體的巧合和汗液太多了

就廉價了，造作了

於是，把烏雲的裙帶關係

搞清楚，就告退吧

一個人躲清淨，上廁所

順手在低空的渦流裡，撈起一把紙

剩3分鐘

抓緊讀房東未刊的處女作

# 富裕測驗

如果你有錢，你是會去買一個海灘

在上面留第一個拖鞋印兒

還是承包心愛人，把她從湖南接來

第一個看她，在廚房裡春曉翠堤

不要急著回答，餘生還太漫長

錢夾的主體性也不需論爭

早就在屁股兜上凸現出規則的方塊

我們真正能談論的還是

這頓晚餐，你點了愛吃的沸騰魚

我點了月收入的八分之一

這是知根知底的時候呀！

飯後，我們還彼此背誦對方的詩

白話格律，標點免費

精魂全在一口深呼的氣裡

# 鳥經

我原以為，和你早已分別

夜間可以獨自摸索到紙和方向

為此，我還重新裝修了房子，註銷了

你在此地的戶籍，並準備

從女友中連夜選拔出一個女主人

過生活

不想，你又回來了

就在隔牆的小區，正為富人獻藝。

可巧那頂樓的一場華宴也把

這邊的夜空映紅了，讓我不由猜想

你現在衣著的甜俗，表情的誇張

但你肯定是感冒了：聲音斷續而且嘶啞。

肯定是太辛苦了

在離別的日子裡，不知又迷住了

多少哈拉男人，用你的舌尖的一點婉轉泉水

在污染的大氣中，為他們導航。

當然，我也一度這樣，抱著書桌

一路追隨你：從橋頭到郵局

從海淀到東城

記下的心事，有時也留在了床上

這都是往事了，不提了——

多希望你能飛過牆來再看看我
現在的我，看看我的新居和新娘
但什麼星移斗轉，人海滄桑的
其實，什麼都沒變
一山一石，我還是住在
過去的沙盤裡

# 傷逝

終於，緣定今生，兩個人
冒著小雨搬到了一起
租房用了900，買影碟機花去1000
剩下的財產，聲稱是均分的
信託忠心來看管
但反傳統，畢竟反出了趣味

男的蜷起四肢，女的張開鐵臂
每逢雙休，就蛇鶴雙行
用手語示愛。
即便偶爾爭吵，也大手大腳慣了
摔了呼機又摔手機
冬天過得比春天爛漫。

當然，閒下來時，他們
也上街走走：男的竹布長衫
女的黑髮素面，
誰見了都羨慕極了
跟別人說，他們不住在這裡
至少不在我們中間

但總是感覺——還有誰在？
果真，男的起了疑心
開始掙扎著坐起，夜夜檢查
女的頸後的細鱗。
一環一環，他進一步解開了
她的扣子：見到叢林、溝壑
一窪私生活的湖水

正幽藍閃亮。
他想去撈月亮，把自己
當一隻論辯的竹籃
但深夜既廣大，前景又無邊
還有糾纏的汗液的曲線
蒸騰著反抗
男的看這是好的，也就認了，
女的解釋了原因

也承認了背叛
同居不是墳墓，朝聞夕死的也好。
兩人痛哭了一宿，黎明
相互安慰著分開

在計程車裡，還用短信瘋狂表白

但心裡都在暗自慶幸

世界拆開了它的迷津

小說的封套中，影子卻還說著回聲

# 臨睡前

像已經說完了遺言

沒有什麼再值得費心了，

電視還開著，一齣道德劇裡

死了女配角，剩下的女人，

在葬禮上攀比著胸圍。

鮮花如鍘刀落下

半生虛度，只因

沒有詢問過更多的花柳

但還是睏了

見到的不是黑暗

而是黑暗中的劉胡蘭

## 內心的葦草

首先聲明的是，這些只是「話」
不能在小販手裡批發，也不能聽憑
記憶裡伸出的鑷子
一根根，從風景的鬢毛中拔取

朝九晚五，大家都是這樣
吹牛，抓鬮，把「話」凌空拋撒
說不出的和不想說出的
彼此只是甲和乙，A和B

無論輸多贏少，不要太緊張
一切只發生在一首詩裡。
就像這個下午，頭插黑暗的翎花
我端坐著，羽翼豐滿

即便睡著了，懷裡的江和海
也會自動翻滾，淹了一畝新客廳
但此時，有人扭亮檯燈
讓我從沙發裡，不斷地裸露出來

像一個古代的日本人
皮膚皺緊，眼袋含著陰影
我驚訝地坦白：自己曾複姓「田野」
只是為了讓某人自誇為「鐮刀」

# 生活秀

其實，事物都會選擇一個對立面
端詳自己。下午無事
外出買酒，回家自我分析：
我的生活在鏡子裡看來平穩
已經渡過人稱的危險期
抽屜裡沒有紙的風浪
與配偶的爭吵也吵出了規律；
還有個幻影在外面定期上班
定期約會，定期從銀行卡裡
向老家匯出記憶和眼淚
只有我知道，那不是我
至少不是此刻的我，一手把酒
一手敲打出鍵盤上的混蛋們


其實，事物的脊背坐久了
都會酸痛，因為你我
大家都是「單子」，密封的
嘮叨的，羞愧得沒有了窗子。
只好持續搬家：從東王莊到
馬連窪，卡車載著衣櫃和書櫃
嘴裡叼著煙捲或茶花

嬉笑怒罵成就一篇鏗鏘書評

舊愛新歡都是一廂的情願

──到了後來

就渴望把自己激怒成一頭寫作的公牛


但有人太熱中於你了，計畫

不再飛翔、不再發育、不再懷念

站在陽臺的邊緣

連酒瓶也會嚇得生出翅膀

但有人確實太絕望了

不哭只笑，不說話只寫字

扁平的身子荒唐得要求出走

那是在南戴河，一個閒置的天堂

兩個不眠的夜晚

男人的頻道更換了兩次

黎明的海水，推搡著，洶湧著

偽裝成鋼琴教練──理查‧克萊德曼。


是不是、是不是積習太久了

其實，我並不是一隻發胖的海燕

每天準備與暴風雨搏鬥

在灰色的大海上反抗擁堵的食道和交通。

我只是和一個幻影簽了合同

由他來進餐我來作飯

或者由他來結婚我來受難

躺在大床上搭配一齣獨角戲

或帶著狂喜，一起連夜席捲了少女心

而你們能幹掉的

也只能是其中一個

只有一次，他離開了我


那是在400米操場上，我們奔跑了八圈

我感到膝蓋和臂肘最先離開了我

在終點等著我，那時

我渴望看清看臺上最先離去的人

但後代不是臺階，可以悄悄

溜走，把未燒完的熱血當作青山

那時，我也沒有得過且過

像今天這般悔悟

不知道生活早和對立面和解

早被一句兒戲催了冬眠

# 另一個一生

近來夜間多痰，夢多異象

像跳進一鍋開水

屁股腫痛，腦袋翻騰著思索

跟身邊同睡的男人

說了幾次，他敷衍著解釋：

是更年期把青春期無意延長


但那是具體的，就在20年前的北京

夏天藉口「奧運」大興著土木

一種高架橋，連接了兩處

壞心情。那是我和他

曾就著啤酒，講連篇的胡話

對了，就是他，一個男孩


站在雨裡，仰著他京味的下巴

──究竟在悲傷什麼

那時，生活的導演已經老去

主動躲進連續劇，渡長假

放棄的臥室裡面，是我們

光著大腿，曾相互追打：

我先拋出一片未名的湖
他就扔回一座傢俱城；
後來，他又掏出細雪和小藥片
於是，我就丟下一枚死嬰。
和好的時候，我們還一起上班
公司遙遠得像印度，同事們

紛紛騎著複印的大象
我和他，不，就是我和你
喜歡隔著策劃書說話，嘴上
染了油墨，就到洗手間去接吻
下班回家，來不及作飯
就撲到了床上

三起三落，一夜無話。
現在回想，這是幸福嗎？
牛仔布依舊摩擦著火熱的精囊
兩個北京依舊在衣櫃裡
搬遷著，偷聽著
當然，在夢裡都是中斷的

身邊的這個男人也老了
像落伍的麒麟，在消化的氣味中
走失。而我醒了，補綴著
還是我和他──每逢週末
都要驅車到郊外
換洗大腦裡陳舊的影像，

停車坐愛紅葉之新款
並在山腰上，預定了激情之夜。
激情的頂點卻往往空曠
我們面對面，坐著，像堆好的雪人
身體一半裸出，但不交出
以至單人床徹夜坦白

留下了兩個人的烙印。
其實，那時只有聲音存在過
我們，對了，就是我和他
坐在人生的枝頭，曾高談闊論
牙齒爆出的火星兒，蜚短流長
照亮過土壤凹陷的腦紋

如同見到一個知識份子

在公開撒嬌，我和他，一起

哈哈大笑，揮霍了年輕的殘忍

而我們暴躁的女兒，也跳上一匹

染色的小馬，即將來臨

那是我們的女兒，必將


搖晃著長大，喜歡英語

討厭漢語，也讓男孩紛紛自閉

站在一場循環的雨裡

仰著未來肥嘟嘟的下巴。

如此這般，異象不斷


我開始離開人群，走向郊外

向一片樹林心理諮詢

樹木分不出性別，都長出粗大的喉結

和落葉的乳房

它們的準則是原地不動

和每一件經過的事物接吻

又不擔心將它們輪番忘記

# 家庭計畫

青山不會自己吐血
當然也不會主動跳上桌子
成為我們之間的一副骨牌
本來，計畫妥當
在分叉的經濟中，抽出一根枯枝
抽打這個下午暴露的臀部

但你說，要向生活的強者看齊
要向身邊兩萬元的密友看齊：
他們的西裝上佈滿血管和青筋
他們的方陣，已逼近了廚房

於是，天空的顏色變了，
窗外的小園收縮到了一枚蔥的襪跟裡
我們彼此修改了臉形
面對面坐著，牌也攤開了
等待誰先主動
解開了弱者的扣子

## 友情詩 ——給向祚鐵

等待著，一些感悟的詩句

從心頭冒起：一連串的、鏗鏘的——

但天黑的時候，雲朵上站著的

還是那一排IT精英，都是老樣子

在朝氣中露出暮氣

不動，不死，不發財，也不唱歌

只有電工偶爾造訪

試探性地伸出工裝裡的狐狸尾

不能對他說謊，甚至講童話

因為此刻，我正打扮得像個學者

梳著分頭，牙齒烏黑

在關鍵的地方肯定被誤解

更何況藥物的細枝，已爬滿胸腔

和這9平方的小客廳。

我只好掃地、送走牆上的幻影

刷杯子也順便刷了自己

等待，等待一個從計程車裡

跳傘而下的湖南土生子

用熱情驅走寒意

「世界永遠多出你嘮叨的那一半

卻永遠不缺少我沈默的這一半」

我壯年的心緒此刻煩亂而甜蜜
正像你胡亂烹出的一鍋家鄉雞

# 惺忪詩

你好，下午！太多的下午！
哦，這不是說西去的太陽
碾碎了更多的房東，或是我們的狗兒
在地板上發育得太慢
大樓三層以上，男孩們的騎射
早已弓身向左

而我還赤著腳，看你裸著大汗腺
站進小區草地：夕陽都已經
那樣了，總得給出個理由，
解釋真正——既往不咎的心
總得節約體重、鬍鬚
在另一所房子，另一面穿衣鏡前

再塑出一個自己：他的嗓音
比現在更低沉，眉目也更清晰
像黎明發亮的樹梢。
他會大聲說話，甚至練習詩朗誦
不在乎這個空調的世界裡
早已安裝了靜音的森林

就這樣吧，你乾乾淨淨穿著羽毛

看我戴著孔雀的鐐銬

總得練習從這裡，從每一分鐘裡

省出一秒，留給真正勇敢的一天

就像辣椒遇到了饕餮的山谷

沉睡的手臂上

湧出一根越海的電話線


但我還是被打翻了，言語不通

坐回同類裡

（不停地換用左右腦）

看空氣中，死心眼的小蟲

為告別而忙碌，即使我的身體

還挨著你，就像米飯挨著菜

# 我的巴格達

我的巴格達，她在熟睡
下班後她就一直要求睡眠
是我，牽著天邊的蒼狗
遲遲不肯應允。

現在，橘紅的街燈
終於說服了我，不再固執地
輕信原則，要隨遇而安
不妨和熟悉的一切耍手段

瓦礫、泥漿、防空的樹梢
——還有一切的峰巔
偶有轎車駛過，那也是偷情的妻子
耽擱了歸家的時間。

而我的巴格達，她早已熟睡
枕在大山的臂彎裡，她的眉毛
起伏著，屋簷起伏著
讓雲裡的轟炸手，睜開獨眼

瞄準的，原來只是一座空城。
那些無法搬空，無法解釋的
依舊被青壯民工暴露的
其實，都是她的鼾聲

在青春的地溝裡滾動的濁流
睡吧，電話線已拔掉
當武器的告別，在遠方
支配了新一代的如夢令、夜讀抄

我的巴格達，就座落在京郊
有兩個晚上，我讓電視
徹夜開著，好讓臥室的盡頭
更像是一個人的街壘

# 即景

又是一年草木蔥蘢，天色氤氳
我站在陽臺上，看小區警衛
三三倆倆把守疫情和道路
塵土揚起，在陽光下抖動金色衣袂
狗兒吠叫，好讓一身筋骨發育在癢處。

我不理解氣味，不理解主婦嘴裡為什麼
突然冒出了東北話，不理解肌肉裡那些纖維狀的山麓
其實我不理解的還有很多
它們層疊著、晦澀著、在春光裡充斥著
正等待一個知識份子沉溺於收集。

他和我一樣，站在六層的高度、危情的高度
重新將各種各樣植物的族譜默念
只有一點不同，他穿著高領毛衣，露出喉結和頭顱
而我的圓領衫久經漂洗：又是一年
春光渙散，勾出男人的胸乳

## 滅火

她說她徹底滅火了，年近三十
在一座繁華大城的郊外。
多可惜呀，上路還不足三千里
身邊的印度男孩還留著童身
只有那些閃耀的大湖
的確被她污染過了，成為鏡子

映出兩星期間浮雲的變幻
那是她在健身嗎：早六點起床
在墊上奔跑15分鐘，然後
不吃早餐，就作為山野的經理人
鑽進了她的轎車，她的公路
也蜿蜒著，從冰箱裡伸出
帶來整個新世界的涼意

每到這個時候，還在夢裡追趕母牛的我們
都會繼續追著問：那是她在飛馳嗎
為此，我們的頭在森林的封皮上
燙出過金字，我們的嘴唇
也在80年代的夜裡鏖戰過

但她說她徹底滅火了，電話裡的聲音

矜持而略帶焦灼，說天氣

涼爽到了髮根，還只能穿著拖鞋

在車頂上歎息、走動

說白晝之後，是更多男人的黃昏

一疊疊，都不知換洗。

這樣的心境，我們能理解


大地輪換了駕照，女人卻獨抱著天真

為此，我們也抵押了高老莊

顛倒了賣油翁，有了麻煩就笑嘻嘻

試穿皇帝的新衣，但一到黃昏

失業的皇后還會雲集天邊

化妝著、約會著，燒烤「飛天」的肉翼


但還好，我們是在晚會上得知這一切的

作為知識階層和美女的追求者

沒有人幸災樂禍，或痛哭流涕

但都想像，她的頭髮

被山風縈起的性感的樣子

想像星星升起的曠野上
她的前胸起伏，她溫柔的刑具散落。

## 花蓮

F16低低飛過了淺海，亮出肋下
瘦長的導彈。我本以為
它會在某朵雲的胸衣上，停留片刻
拖延一下本地的奇觀
但相機吞下的還是舊店鋪
和一排叉燒林。

它曾確信能夠吞下一頓大餐
但吞下的竟是小品
只有金色山脊，離合在遠方
像兩個越海而來
正在晚霞中謝幕的相聲演員

在這裡，女郎應叫西施
買檳榔要用美元
領隊的小說家，淺笑盈盈
點指海島中的內地
燈火灑落處，庭院的深深
也曝光了三點瓊瑤美

我原以為，這一切或者
只是誤會，就像我在北京的木床
正接待著另一對旅遊的男女。
但巴士轉彎的一剎，樹叢掀開
軍備一角，你發現
基地內部其實廣袤得空無一人。

只有在制高點上，山石
才堆積出另一個國家的形狀
海浪抱著各自的枕席奔忙
據說，一個山地姑娘曾把薄霧和哨所
收進自己的胸懷。

車輪追趕著她的暮色
愁緒模仿著歌曲
坦白地說，此刻多餘的我
只能收攏雙臂
相信海蟹在一萬年前對海蝦曾經說過的

# 邊陲的刻度

不用說，那不是用遠山可哄騙過來的
你的國產膠鞋踩踏著它，彷彿那是一根

栓在細雨和山脊間的皮筋
雖然只是輕輕一絆，背包客就落入他的深谷

聽鷹隼從林間勝利地飛起，慶祝一個人
終於放棄了他的輪胎、他的花紋

不用說，疲倦會像星斗升起
女店主接連捧出了舊棉被，捧出了曬衣台

她的弟弟害羞地致富，還把越野車
開進你舌間感染的果園。

一切都在殷勤中變得緩慢
山路引你上升，郵局背後藏著海關

一隊武警聽命中央，吃喝在地方。
他們年輕的身子被綠衣包裹，蠕動著

似乎可以延伸到境外
在那裡：他們可以拼酒，賭牌，游擊

七十二變，變得肥胖，不堪重負
由夜間天上閃爍的寡婦們愛憐

不用說，你的證件只容許遠距離觀察
探出鴨絨背心裡野蠻的上半身。

像不小心探進女店主的臥房，
鼻翼翕動，搜索空氣裡異性的奇蹟

不遠處，舒展著橋樑和集市
一個南亞小國恰好散出汗香

你意馬心猿，準備學習五禽戲
迎面用一句誓言賄賂一陣筆直的風

讓它褶皺、反摺、自己成為自己的戲劇
有人卻在山中，大聲提問：有何貴幹？

——從西寧到拉薩，你徹夜頭痛
想弄清一個事實。在樟木

你乾脆放棄了努力，也試著延長手臂
做一個變焦人。

溪水和百草拼湊出鏡頭裡的中國
而山色在微調之中，其實已接近了黑暗

第三輯

（1996-2001）

# 情人節

整整一天都空著，倒扣在廚房裡
經歷了姨媽們的挑剔
而暖空氣的確吹自無底洞
讓小舌迎風招展，紅腫如求知欲
但是沒有女大學生來輔導
只好沿螞蟻的智商去吃牛肉麵

肉香瀰漫在巷子裡
惹得蠢人也意想天開，輪番揭開
身體的蓋子，看到雜草、齒痕和土坎
那些似乎都是熱情生活
最後的落腳點。（只是有點癢，像是
被一隻自白派的蚊子叮過）

多虧還有事可做，謝絕
夢想和書籍的邀請，並計畫
將空空的一天當作三部曲
先排練其中的頭兩部：扮演紅臉的少年
加大球鞋的尺碼；挖空
指甲裡的礦山；一日寫下一篇

養豬日記。回頭卻遠遠望見

天空裡嵌著一蔚藍的衣櫥

明白了為何洗好的襯衫上

常黏著隔代人的鳥屎

因而不能無憂無慮，彈起冬不拉

博取女房東的歡心


但三十而立，總還要出門

計程車義薄雲天

羊角風吹得槽牙亂顫。

沒瞧見城市的底盤正倒懸著

露出了女司機們烏黑的排氣管。

（整個場面稍顯尷尬，卻引人遐想）


使得男司機欲罷不能：

當眾吞下方向盤，吐出分飛燕。

多少人已經老了，悄悄拔掉了

雄心的三向插頭，從皮大衣下

端出鳥語花香的生產線

只有你還一聲不吭，為雙腿安裝

變速的機關，一路經過
小桃林、區政府和清水灣
為的是讓獨身生活追上閃電。
但它跑得太快，滿頭婆娑的電力，
以至於丟掉了假牙、戶口和前妻
成為大廳裡的不速之客。

接下來的一部，顯然仍不夠色情
因為不肯在電腦城裡媾合於一隻超頻蝴蝶
只好原路返回
冒單身省親的危險，置身於
一場孝心風暴，聽病榻盡頭的母親
解釋婚姻的先驗性

「家庭理財，一把好手，能掐會算
把冷卻的午餐分給後代
督促過剩的鈣質提早形成智力的蜂巢
容納水和蜜，光與線——
繼而批判文明和吃相，一雙乖兒女
會圓睜美麗的豹子眼」

沒有人阻礙你拋棄馬鈴薯般的過期女友
但你不能將她們的哭泣當作繃帶
纏在白雲的骨折處。
「無邊無盡的語境啊，正被雲的手腕講述」
其實你太過自責，她們都是過來人，
即使經歷的是美食節

腰身也不會過分地豐盈。
一份耕耘一份收穫，劈砍牛肉的斧子
已被小牛當作另類的榜樣
你也不必打扮成懺悔的負心漢
捆住兩隻牛蹄，
主動到人堆裡去自首

因為整整一天都空著，和純淨水桶一道
等待著被流動小販拎走。
而最後一部還是留至午夜，以滿足
陌生女郎的導演欲
屠刀停在娥眉上，主持著詩歌熱線：
首先要溫柔地褪去、褪去她

周身的辣椒、蒜瓣、以及

清山翠谷的腳尖

隨後的禮節，當然是躬身退讓

在早春的臥床上，儘量前仆後繼

推起刨花一樣的海浪

並為紙的舌頭塗滿花生醬

愛的坦白（或民主作風）

在教學樓後當著夕陽的面兒抽煙
曲折的體態配合人性的失敗
沒有必要將一切都掩飾成
剩餘的事業。湖水從低處印證著

天空的公正。不能想像的
只是去年突降的颶風，
曾使湖畔那個著名的庸才，代替一枚
厭世的垂柳，蒙受了不白之冤

沒有必要再杜撰，恐高，出虛汗
做小樹林邊的電話狂人
逼著兩隻血蝠，一筆一劃地盤旋
有人衣著落伍，以民國為限

也學習酷哥摘下鬍子讚美
另外的人則圍著湖邊慢跑
免費吮吸自然的乳頭，或者乾脆
蹲下，以降低大腦中理論的水銀

（其實，他們都參加了法則的派對）

除非嫩枝裡密佈的電路出了故障。
等待自我檢修的松鼠
從樹上跳下，從微張的口中
抽走一枚計時磁卡。

但是啊但是，這裡畢竟是自由的校園
那選舉的左手正穿過草地
昂貴的胸衣，像一隻肉感的聽診器
伸進樹葉的心跳。說：

「放心，放心，我對世界的愛
有條不紊，民主得一如鄉村的普選——」
護住下體，看楊柳噴吐濃香，
最後落選的，可能惟有處女和夕陽

《婚姻法》解讀

沿著收費小路，兩個人
走到了彼此的盡頭
不得不原路折回，置身於
不是早春的二月中

好在園中景物稀少
只有若干早戀的學生
在樹後隱現，以嘴唇相抵
當身體的滅火器
悄悄消費著今生的情愛
和父母的積蓄。

湖上的美色卻波瀾不驚
只有天空的灰臉貼近擺渡的小碼頭
與長椅、人體相接
組合廣角的「大片」風景。
用後腦闡釋永恆的企圖
是徒勞的!

因為非凡的時刻只讓少數人
折臂彎腿，在石山後

吹噓過自己某一部分的能力．

早春畢竟租給了

無能的多數，枯枝也有了

契約之美，你看

人力車拉著整個湖心島在跑


上面的遊客變黑，變小

有東西下沉，卻沒有什麼地產

真的從那裡驚飛。

古典的方圓，一東一西

容忍過兩個現代派的獸行


入門時的偎依。香口膠

和早報，出門時變成暮色：

烏鴉穿起大衣

獨自，為秦香蓮叫屈

夢中婚禮

一堆人吵吵嚷嚷的，將一座動物園
搬進了室內：假山果真是假的
還有噴泉在噴水，讓客廳
儘量顯出天然的氣派

大舅哥是山東人，一縷濕髮
黏住多肉的大腦殼，他的朋友
來自德國，用手比劃著對稱的感傷
他告訴你：自己名叫「巴特」。

但事情遠未開始，魚貫而入的聲音
讓你發現其實是站在一座天橋上
俯瞰假日柔嫩的深淵：
客人環坐噴煙，紛紛剝開糖紙

捧出玲瓏的心。還有外甥和狗
在腿邊環繞，大腦殼像家族的徽章
醒目異常。大舅哥無意中吐露
他們的名字：也是「巴特」

只有新娘還未出現，她必然淵博、巧智
深知其中的奧秘，於是黝黑的臉
於相框裡一點點蒸發、消散。一陣風颳過
架上所有的瓷器，都點頭稱是

多少有點殘酷的是，沒有人
繼續發現你，花園襯托著你的孤寂
地毯張開嘲諷的小嘴──捧著肉鍋的伴郎
像個偽神，被搏擠在最外邊

窗外，夏天提早到來，萬木蔥蘢
阻擋了太陽的噪音，從敞開的門縫，
你還瞥見，內室裡的岳父拉著岳母
像背陰的泰山和華山，正在衣櫥邊悄聲低語

# 罪中罪

沿著花牆，是風一節節
數著自己的喉結，貓的叫聲
則污染了春夜的一角。

但此刻，月光還是衛生的
我們在小區裡溜達，追憶
六年前的初遇：喜鵲在枝頭

鋪設電線，一座礦業學院
陷入女生夢裡的胡話。
兩隻手不安地對談，試著掏出

樹林乳溝中的天籟
人如月，天如紙，星斗如孝子伏床
只是操場獨自個翻了個身

讓冰涼的看臺壓在唇上
——新吻，迷失了舊方向。
你說：神是救主，我不予否認

只補充若干細節：浮雲、護膝
暖腰的水袋，但萬物稀稀
疏疏，像動物歸巢，都掩映到

相擁的身上，連枝椏間
如此矛盾的等式，也撐起人形
竟被我們愚蠢地證明過了。

**看**　　　像屋後的夾竹桃，扭著脖子看
　　　　　看什麼？一場小雨埋頭溫習地表

　　　　　一個小孩兒舉著虎牙，在人堆裡
　　　　　刨根問底，一架噴氣飛機倒著

　　　　　飛過了通州，一行白鳥攀上青天
　　　　　又像左派，鬧哄哄地解散。

　　　　　「世界是他們的」看來看去，
　　　　　小酒吧裡還是我們幾個

　　　　　稀哩糊塗地喝醉、拔節、吐蕊
　　　　　迎風長出軟塌塌的地圖和教鞭。

　　　　　難怪女孩們愛讀師範，愛為群山
　　　　　健美的脊背出汗，甚至躲進盆地

　　　　　鑽研起溪水粗壯的根部
　　　　　不像那時的你我，還在宇宙的邊上

抱著磚頭音響，暈著
看運動的天體，有條不紊地毀滅

模擬了求愛，或是一場1976年的腦膜炎
「每天有大的收穫，

大的驚喜，大的……」只是從夜筵的
羊腸小徑上乘興歸來，發現

地上留著青草和尿繭，臥室卻飛走了
連同變速的女友，連同

她混帳的加濕器，她陡峭的梳粧檯
我們只好躲進棉布蚊帳

（它的入門口本來與夏天的出口
一般大小）可世界越來越小

越來越悶熱──熱得
只剩下一隻燕子尾郵的痔。

於是又扒著床頭坐起：交談，喝水
遠遠看到一群人，三三兩兩

在身體的上游，拿著魚網和手電筒：
四個姐姐，受了驚嚇，甩甩尾巴

消失於麻雀桌下；三個姐夫
叼住曲折的橋、長長的岸，又連續嚥下

三個潦草的夜叉（他們的貪吃
與恐懼無關，據說是從哺乳期開始）

而另一個姐大，也在渤海灣裡
張著血盆大嘴，側泳

讓後代集體換上泳衣，沐浴著今夜
房中漆黑的樂趣

當然，還有其他人，高高低低地睡著
在沼澤、在水畔，在幽暗的啞鈴邊

他們都在夢裡嘟囔：「世事如歌、如草

如發酵的白麵」


「立秋後，痱子還在姑娘懷裡移動

卻不是什麼什麼的寓言」


實在聽得厭了，收拾起周身的暗瘡

飛向中國的另一邊


在那裡：小鬼拍手，偉人引路

一條高速路將風光連綴成發展的脫衣舞。


現過了海潮、吃罷了海鮮

我們又被帶到大山的百葉窗後


偷窺造化的隱情

山間雲雨幸得輕工業輔助，


還有星斗代替舊人，作墊上教練·

實在，又看得倦了

掉轉發燙的機頭，做生平裡的下一次俯衝
緊縮、麻痺、嘔吐——

抓住昨夜的高低槓
抓住昨夜的啤酒罐。

吐出花花綠綠，一大堆超市
和秋涼裡一個獨自懊惱的北京

看那狼藉的街上，行人匆匆
把微塵當衣、手當舵、警察當路邊的傻子

還有雙層巴士略高於站牌
使畢業多年的你我

能臨窗悔過，俯瞰
樹蔭裡母校至今依然羞澀的雙乳．

如要進一步取悅自我，不妨
走得更遠，人工河上一座新橋橫架

看橋墩手拉手合夥蹲在淺水裡
地位似已穩固，不需要

另外十年的憤怒和激情去打點
連陽光也分外友善，隔欄照熠著

你我牛虻的髮式，水洗布的襯衫。
撥開一堆中國人，看到

一個象棋盤：趕走一群留學生
剩下一個漢語教員

推倒浮雲、酒吧和鱗次櫛比的平房
露出一桌饕餮的玩伴

掀翻吹捧的桌子，是另一個喝醉的男孩
鼻子裡插著氧氣管

他又爬起來，騎上一粒花生米
掏出了更多的男孩。

揭開他胃裡的封條，胃裡的酒精
是一個魔術師，正巧施手段

將吃下的翅膀，重新變回一堆腐肉。
「世界是誰的？」看來看去

四周沒了他人，此時還是你
放下逃生的梯子，

並且在信裡說：「不知為什麼，
這裡根本看不到邊際」

# 滬杭道上

經典的細節忽遠忽近地照料著

車窗上壓扁的鼻樑

一卷風景像贗品沒有署名

但靈感的確來自一首自由詩

王辛笛　新派文人受過西洋教育

善在二等車箱裡草擬生理譬喻

「中國的肋骨：一節節社會學問題」

那畦飛逝而過的稻田

似乎還在為此而左胸酸痛

而此刻　道邊別墅裡

時裝母牛正用鼻音朗誦

兩隻粉碎的菜包在胃中

也正激蕩著半逕未消化掉的詩篇

「初到南方總會有些暈眩，

這很正常……」

是出於對進口引擎的敬意？

「你看！它抓住我們的心田

飛翔得多麼自信」

還是出於北方人對近代史特殊的負疚感？

好在一條高速路

像筆直的褲縫穿在江南十月

依舊蔥蘢的腿上　　寬敞的奧迪車內

也可挖鼻、修腳，將拼湊的機鋒

當作風景移動的註腳

啊　南方的群藝工作正蓬蓬勃勃

哦　北方的民間運動也左右逢源

把頭枕在兩股樂音的匯合處

疲倦的小官僚在瞌睡中嗅著體內

一束沾滿汽油味的蘭花

彷彿一個不諳世事的少年

初次領略了女人肉體之外凸起的倫理部份

## 童話公寓
### ——致一位女房東

像一輛深夜從山西開來的運煤卡車

你我間的舊聞震動著十一月的地板

房租還未交納　但必須告誡漏水的龍頭：

克制　克制　不能表露出傷感

衣櫥裡沒有一個國王在頻繁更衣

煎鍋裡也沒有一尾金魚許下諾言

整飭的家政　處女型寫作

始終如37ºC體溫保持在婚後的潔癖裡

那些左腦中堆放的樟腦丸　也使右腦中

一個易朽的欲念渡過了夏天

另外　一支裝修隊會不請自來

他們打通牆壁　佈置下細密的石膏波浪

把臥室和門廳改裝成深秋複雜的

中產階級獨白：地毯柔軟的咽喉

連接著身歷聲環繞的鼻腔

當然　整個敘述中還少了一位情郎

他駿馬般的前額張貼在夢裡

身子卻被排版錯誤耽擱在途中

撩人的月色曾像一塊牛皮癬　多少個世紀

都揮之不去　而匆匆掠過的碳筆下

那瞬間浮現的分明是一具更年期中的睡美人

## 編輯部的早春

空氣中似有一架印刷機在輕輕轟響

是什麼事物在遠去　又是什麼在臨近

滿屋的香氣確實來自隔牆的喇嘛廟

而不是一支幻想的手

在轉動我們體內烤肉的鐵籤


偉人辭世已近周年　傳真機有分寸地

吐出亡靈的請柬　但那客套的修辭

顯然仍出自這個世界（你無權刪改人稱

無權褪下一篇社論的襯裙）

牆壁上層層疊疊的暖氣片散出餘溫


彷彿魔鬼造句時仍然皺緊的眉心

「圖象清晰的三月裡還要調整頭頂的

袖珍天線嗎？」當天空縮微成一枚小型張

反貼在部主任充血的視網膜背面

校對科　審讀室　照排車間


一條電話線連綴起制度鬆散的褲腰

三十而立　人生腫脹的彩虹

已消瘦成一份份脫水的簡歷

「為了向生活復仇　趕快抓起筆」
女同事飯後芳香的飽嗝　已嗆翻雅與俗

正與斜　官方或民間……只是
整個下午你雙手忙碌　無暇旁顧
春天啊！煞費苦心　窗外枝頭上
尚未有綠芽吐露　恰如一封
寫給大人物的退稿信當然要句酌字斟

## 小的羅曼思

陣風四至五級　氣溫則如暖水瓶
有著逐漸收攏的脖頸　這使得細碎的
鳥鳴彷彿一枚軟碟上的新版病毒
正被兩隻候車的耳朵寸寸讀取

多麼巧妙的牛頓力折疊在膝蓋酸痛處
331路車站裡漂浮的塵土反思了存在
一小隊民工笨手笨腳跑過了青春
（他們被前方的市民情調回絕

身後廣告牌上風光旖旎　折價的莊園
據說是貴婦故意遺失在郊外的胸罩）
「你把我當成了什麼　當成上帝演奏後
丟棄的手風琴」公共汽車的腰部鬆弛著

還沒有被一個學童默念的唐詩收緊
而乘客們已懶洋洋地翻動報紙
當日新聞：那債券中的恩公
假酒案件中的長兄　尋人啟示中

裸奔的表姐　當然
她的狐臭依舊如一瓶過期味精
增加了閱讀時幻想的力度：「今日
今日　誰能比缺陷活得更久遠」

而饑餓　胃中一小片燦爛的鄉土
正發生著環狀的交通事故　告訴你
蔬菜顛簸的歷程已在否定中變作
尿液、感傷和戀愛中翠綠的呼吸

正如售票員聲色俱厲　而逃票的歲月
依舊可以從他粗枝大葉的肩臂間窺見
你曾信五分硬幣上那可以兌現的豐收
每隔五年便會使山河像本連環畫那樣

重新翻開。生活的節奏卻反駁了童年
不能獨出心裁的青年也憋出滿臉雀斑
陽光真的很溫暖　而且不帶偏見
一匹溫順的鯨魚即將游入洶湧的人潮

「倒車　請注意」廢話重複多遍
自然成了格言　下班的途中最好還是
用臀部蓋住那只滔滔不絕的千斤頂
並將回憶的身體想像為一只牛皮信封

而理想的人生只是剛剛從中抽出了一角

## 與班主任的合作

小酒盅會妨礙交往的直來直去

所以我們乾脆換上大杯啤酒

就著花生米商量如何勸導另一個人

像豎起小拇指那樣重新豎起生活的勇氣

他是你的學生　眼神溫柔似水

並且時刻警告同桌的女生：閱讀雜文

會使面龐粗礦　不妨試試

婆婆媽媽的三毛或方頭方腦的顧城

「十根指頭可以拆出幾隻蝴蝶？

水中的月亮會碎成幾瓣？」

他的獨白開始於一場語言學事故

又以對自己死亡的影射為終

當然　這是受了一些壞詩的影響

（我們的判斷一致　為此

還乾了杯底的殘酒）你喉間的核桃

聳動著　帶來一陣山谷的清涼

這多少給交談增添了中斷的可能

然而是旭日冉冉的責任心

依舊驅動你的雙唇攪拌機一樣上下翻動

我則多半出於好奇心　想瞧瞧

人道主義的閘皮能否剎住虛無主義的車輪

分析自我、闡釋他人：小酒館裡

燈火搖晃　端上端下的杯盤交頭接耳

你已介紹了他的身世──如表現主義的詩歌

簡潔　明瞭　一行行按部就班

並且保證：他青春的身體還未被莽撞的女同學

污損。「不是為了愛情

問題出在這裡」你把一根筷子指向額際

彷彿那裡有一口油井在高速旋轉

我卻若有所思　吃下去的食物引起體內

一連串天然氣的爆裂

沒有理由勸阻受孕的馬兒不要噁心

沒有理由防備自我批評的蓮花從天而降

我猜測自戀的根源是家庭失和

畸形教育　或是生理上的難言之隱

你反駁說外在的羽毛可以隨時脫去

關鍵是在內部　那裡

有一個植物般的自我在慢吞吞地發表意見

（但你又不能把它像WALKMAN那樣隨手關掉）

但當個人匯成人群　硬幣堆積成資本

我立刻提出質疑：「自我只是阿姨消閒時

吐出的煙圈　還帶著薄荷侷促的香型」

當然　未抽的香煙不會理解肥大的煙蒂

我剛二十出頭　像草地上的蝸牛居無定所

而你已步入而立之年　在兩室一廳裡

正穩重地操持著歲月的韁繩

還有三萬元人民幣像鐵錨擱淺在銀行裡

使私生活的船頭不致被感傷的風暴打翻

你爽快回答：「不錯！我們的婚床兩頭翹起

的確參考了方舟的款式」

只是一枚塑膠桶被門外漢偶然踢翻

提醒了眾人：既然昏睡是結局

嘔吐是出路　那頭頂雜遝的腳步聲

顯然來自一名天堂裡的尿頻者

然而是否所有的歡笑、牙痛和體臭

都能匯成旋渦狀的樓梯口

通向這一頓免費晚餐（即使在煉獄的

廚房裡它可能煮過了頭）

多說又有何益　你嚥下金色的酒花

坦白明天一早就要探親返鄉

呼嘯的車頭會瞬間帶走愁雲和白髮

「去他媽的！」讓猜想或反駁

還像一場掰腕子遊戲

在大學教育的旮旯裡繼續相持不下

# 裝修與現實

他們在牆壁上忙忙碌碌　無肉的鎖骨

被輕風連綴成一支汗臭的B小調

他們鼻翼有節奏地翕動　重複起

警察時代培養的對漆料的分寸感

窗外是四月風和日麗的傑作

天空彎曲著配合雲朵造作的曲線

而鴿子飛翔的尾部露出了油箱

一切完整如初　多麼像友人們的肩膀

曾榫頭一樣嵌套在往事或隱喻中

只有他們還在用力攪拌桶裡的灰漿

固執地用唾液搭配事物不相干的嘴唇：

從交通圖到明星頭像　從比薩餅到試驗劇

從熱情的煎蛋到收音機裡沙啞的雨王

似乎這件事不見得難過　在花香濃郁的

暮春裡教導一枚輪胎寫作

你看　他們正鼓起雙腮有說有笑

生硬的普通話裡夾雜著方言詼諧的褲腳

他們正坐在窗臺上　將報紙折疊成三角形風帽

又彷彿是經過勞碌的蝴蝶在思忖著

該如何享用歲月腫脹的花房

窗外的春色水銀般光滑

鴿子飛翔的尾部露出了螺旋槳

看來更深入地裝修

不過是為了在內部更為簡便地拆除

# 機關報

1

寫錯的位址不會妨礙郵件的

準確送達。聞名四方的大院地處東城

歷經讚美和蟲蛀，彷彿首都欠身迎客時

留在高額地價中一個抱歉的臀印。

部長連續換了幾任，抒情指標

卻一直未批下，歲月的間隙

改變著梧桐的腰圍

院子裡花神的詭計，不易雷同。


縣文化館老楊初次來京，內情不知

基層熱情被不適當地張揚，

他像一條莽撞的山溪繞過登記處

不小心又曲徑通幽，

僭越了桃花集體校讀的版面。

點點滴滴的紅暈喲，照耀過

人生得意的軟肋，也惹得懶鬼上身

淡漠了收入，疏忽了立場

抬眼望去，編輯部在半空輕拍雙翅、裝修一新

裡面人影綽綽　如同

鳥巢中在播放一部有線錄像

角色自選，但要肥瘦搭配

讓命運裡盤旋的剪刀手不致過於勞累


老楊大步流星，原想借題發揮

把介紹信當作童話裡一根救命稻草

揣在貼身的懸崖下，以為

這樣就可變做隱身人，方便出入人間？

沒料到還有綠衣軍人佈防在枝頭：

懷中的武器裸露乳尖

負責警惕腐化，盤問東張西望的野心家。


2

在四樓閱讀報樣，有錯必糾

在五樓預備離休，對牆磨練夕陽紅。

執行總編年近六旬，駐顏有術

終日為年輕人風暴般的筆跡所苦

從焦心到寬心，從中央到地方，

一次通訊徵文老楊獲獎：

「慚愧慚愧，一件小事，蒼蠅之微，

有幸在頭版嗡嗡作響」

老楊說話粗聲粗氣，有意掩飾

嗓子裡過於精緻的聲帶。
應該表揚的是那些真正粗野的人，
那些真正大話連篇的人，
而不是文化扶貧的秀士，抑或
鄉村流動的托爾斯泰
（他的唾沫黏性十足，有助於
修補道德破損的邊緣）。
另外，文物保護也立竿見影，
封建祠堂翻建成名人故居，
組織亡靈排演文明戲，書聲朗朗。


總編點頭稱是，簽字發稿；
助理編輯眼高手低，處處忙中添亂。
「他們嫩筍般的舌尖能挑起大樑？」
老楊想──「在女孩月月分泌的
芥末汁裡肯定還未經過涼拌」。
話雖如此，招待午餐上
三文魚魚八折優惠，陪座的食客
更像一把瘦小的花椒
三言兩語，散佈於四周的靚湯。

機會難得，狹窄的魚嘴經不起追問

一定會惺惺相惜，吐出歲月的承諾。

但主人避重就輕，轉而提及

發行量：「本報在貴縣的訂數

——怎麼年年遞減」

老楊自知理虧，打算主動結賬，

總算羊毛出在羊（楊）身上。

後來他悶頭喝起一杯熱茶，好像生活

混濁的部分也會隨之被不斷澄清。


3

宴罷歸來，苦苦思忖分身術。

早聽說一根老練的舌頭可以由三岔口

伸向金水橋，舔淨體制

胯下濃密的樹蔭。

可有誰會自願在酒後空空的身體裡

調動戶口、朗誦詩篇，並提早為後代

紊亂的房事安裝冷氣。

大樓裡闃無人跡，只有輕風

掀動著票據花花綠綠的肉墊

老楊揉揉睡眼，懷疑同僚們

可能犬牙交錯，

正浮在故鄉的藍天上靜觀其變。


照例開會、照例吃飯

照例多退少補，私刻公章，投反對票

照例出言不遜，在喧鬧的大海中搶奪發言的話筒

但也會破例自掏腰包，乘出差之機，

到天涯海角為知心的歌女打醋。

等到一隻美味馬達從「公轉」回到「自轉」

耗盡胃中粗硬的糧油關係，

就是沒福份深入淺出，風塵僕僕

扮作王二小，到小學課本裡

為自己的天真辯護。

思前想後，老楊決定還是四處走走：


從四樓到五樓，從楷體到宋體

從油膩的廣告科到節食後苗條的副刊

他像一枚聽話的鞋墊被浮雲踩在腳底，

聽到不該聽到的閒話，看到

男女穿梭，體諒著激情彎曲的慣性

就連打字小姐也能俯身將就，
她們繃緊的曲線與時代相切，
而有關時代的想像
似乎已熨燙整齊　和幾叢灌木一道
都被穿入了塑身褲中。

## 奧伏赫變 *

那些美好的女性都曾站在操場邊

在男同胞枝葉婆娑的樹蔭下

將靦腆的體魄撐起在臉上

如撐起一支支浪漫的風帆

在海浪的剖面上即興創作

恰當的泳姿本無需兩片傳記的腳蹼

但你已厭倦了打撈　只想得到

一筆漁夫的退休金。

於是你回到了岸上　褪下周身

歲月輕浮的花紋（還把它隨手丟進

天空轉的洗衣桶裡）

試著躲進一片秘書風格的楊樹林裡

並試著將春天的氣息像一件舊毛衣

重新套在頭上。

多麼愚蠢！一個田徑選手在林外

痛心疾首　正艱苦地用舌尖

擎起的三段論：「奔跑啊奔跑

讓肉體長出一副柔韌的鎧甲」

只可惜世事難料　烏雲翻滾

一場小雨飄飄灑灑推翻了前提

雨絲中還可能夾雜著邏輯教授的白髮

其實她們只是從大海的腋窩
走進了廚房或一段不必深究的文學史
卻像吊線的木偶　一邊手舞足蹈
一邊言辭簡潔　依然用諺語傳情

*德語aufheben的音譯，常見於二三十年代的左翼文本中，
　現譯為「揚棄」。

# 三姊妹

在人流中，她們打開手機的樣子
像打開初春的頭一片嫩葉
從倒掛枝頭的會議室到退休部長
蔭涼的臂彎，三姊妹口銜釣鉤
藏身有術，彷彿機關舌尖上
一個輕輕捲起的袖珍支部

黎明愉快的化妝，學著
破殼的雞雛，保持適當的抽象
晚間相約去「不夜城」
對男友施行寬容的加減法
或者只是莞爾一笑，表露的同情
基本不會超過裙擺的尺度

她們乖巧，聰慧，因而蒙受了比白晝
更漫長的照耀，讓體制中的幻想
不分級別：少年人高高翹起的舢舨
也沖上了到中年人體臭的暗礁
據稱，她們的腰身並不比傳說中的貴妃
更為苗條，但對男權的歷史

顯然缺乏興趣。她們偏愛的是小說
更喜歡袖口一樣伸出生活的格言
而作為一種技巧，枝繁葉茂的詩歌年鑒中
也有她們佯裝成散文的臉
可以說三姊妹的弱點在各方面
都恰到好處：如同游泳池渾濁的深度
滿足了初學者對大海的比擬性衝動

70年代出生，80年代當選校際之花
歲月忽忽，出落成美人已到了90年代
她們在風格中成功地實驗出時尚
所餘不多，一杯胸脯扁扁的隔夜茶
遞向學院牆根下尚待發育的新生代
人們可以公開表示贊同或反對
彷彿真地成為了「美」的股東

而被三姊妹所排斥的人，正以鯊魚的速度
絕望地撲向了自己深海中的辦公桌

# 慢跑者

終於等到了這一天，到郵局領取退休金
可以早睡早起，完全聽憑內心的安排
六月的天空像一道斜槓插入，刪除床板盡頭
肉感的懸崖，濺起一片燕語鶯聲
以及昨夜房事中過於粗暴的口令

缺乏目的，做起來卻格外認真
白網球鞋底密封了洪水，沿筋腱向腳踝
輸送足夠的回力，一步步檢討大地
只有老套經驗不足為憑，他決定嘗試
新的路線，前提當然是：身披朝霞的工程師
還能爬上少婦茁壯的高壓塔

「多吃大豆，少吃豬肉，每天用日記
清洗腸胃」還要剝開個性
露出人格，「看看它還能否嘶嘶作響，
像充電燈裡驕傲的舊電池」
所以，他跑得很慢，知道在賽跑中
即使甩掉了兔子，還會被數不清的楣運追趕

可行之計在於為體魄畫上節奏的晨妝

肚子向前衝，讓時光也捲了刃

但小區規劃模仿迷宮，考驗喜鵲的近視眼

於是，他跑得更慢，簡直就是躡手躡腳

生怕踩碎地上的新殼（它們沾著晨光的油脂

剛剛由上學的小孩子們褪下）


他跑過郵電局，又經過傢俱店

其間被一輛紅夏麗阻隔，他採取的是

忍讓的美德，蜷起周身蔬菜一樣的浪花

努力縮成一個點，露水中一個衰變的核

防備絆腳石，也防備雷霆

從嘴巴裡滾出，變成膚淺的髒話


驚擾一片樹葉上夢遊的民工

而馬路盡頭，正慢性哮喘般噴薄出城市

朦朧的輪廓，清風徐徐吹來

沿途按摩廣告牌發達的器官

這使他多少有點興奮，想到時代的進步

與退步，想到成隊的牛羊

已安靜地走入了冰箱，而胖子作為經典
正出入於每一個花萼般具體的角落。
「我們的推論絲絲入扣，像柏油裡摻進了
白糖，終於在盡頭嚐到了甜頭！」
慢跑者意識到心臟長出多餘的雲朵
靈魂反而減輕了負擔

他跑上了河堤，雙腿禁不住打晃
看到排污河閃閃發亮地伸向供熱廠
一輪紅日刺入雙眼，在那裡
明媚之中，無人互道早安
只有體操代替口語，為下一代辯護

## 秋天日記（節選）——仿路易士・麥克尼斯

（一）

八月已經過去　中秋之後

麻雀註定要吃聖人們吃剩下的

而鐵路線以北

房屋拆遷後露出的空地上

一支老年腰鼓隊卻照例盤旋在

天堂與海淀之間

用翅膀輕輕拍打著堵塞的交通

提醒你在人生的中途要儘量真摯、從容

「普通車一角，山地車兩角」　雖然

自行車的肋下還有一團鳥巢腥臊的熱氣

但這不能證明它曾在夜間獨自飛翔過

也不能解釋你的前額為何常被當作

一本傷感的自然博物志

為低空的氣流徐徐掀動成下午的頭痛

「不可失業　不可矯情

不可讓電話線另一頭的青翠山谷就這麼空著

也不可與命運草率爭辯」

彷彿苦命的天鵝難免會遇上一柄蠻不講理的鴨嘴鉗

而剛剛在遠郊搭上了那節郵車的雨水

已將雙膝蜷曲在一封地址不詳的信裡

從八達嶺到清華園　再有幾站

首都翹起在市場中的腳跟才能感到涼意

而鐵路兩側被欄杆阻隔的行人

手扶車把　單腳著地

起伏的胸膛正像廢棄的鍋爐紛紛吐著思想和廢料


（二）

八月已經過去　更換的稿紙上

依舊是渺無人跡的熱帶

精確的描寫帶來幻覺

無邊的現實有了邊緣

那曾經在筆尖下滲出的院落

而今　是否已租給了別人

他辭退了鸚鵡　哄走了黃鸝

又將巴那斯派的夜鶯

當作一筆外快寄回了老家

騰出的空間裡還有誰會整夜抄寫　踱步

或者將一段英文艱苦地朗誦為一片鳥鳴

並且　對隔壁的白雪公主說：「女士

你的身體是否是我查閱一個隱喻必須的索引」

正如量雨器的肚子必須伸向異鄉

激情的閱讀也必須為深秋的脂肪所照亮

夾在辭典裡的那場細雨

曾教導過我們要恪守詞的本義

但仍會有敲門聲

像一串肉瘤意外得凸現於午後兩點均勻的睡夢中

一個小個子造訪者　　面露羞赧：

「我曾聞名於故鄉佛羅倫斯　用本地俗語

杜撰過亡靈的境遇　我也曾漫步倫敦街頭

充當一名好引經據典的民防隊員」


（四）

八月已經過去　短命漢又活過了一個夏天

他把箱子底下的舊外套重新找出

像打開棺木一樣的身世

重新找回一場肺病、一段苦日子

或一次美夢成真的經驗

「冬天近了，春天還遠嗎」

禮拜日近了

整個星期的酗酒還遠嗎

一個姑娘決定痛改前非

那麼　她護照一樣的身體被雲朵

遞過海關的時刻還遠嗎

不穿褲子的樹林總會留下幾片遮體的樹葉

那麼　揉皺的稿紙還要從字紙簍裡找會

當作湖水重新鋪平　短命漢思前想後

未竟的事業也未完全託付給老人

他將彬彬有禮地與遠方打工的月亮通信

（「寫信告訴她們　我的幸福」）

並在深夜裡被城市的體臭嗆醒

看到鋼筆帽脫落在暗處

寫了一半的書信

也像天鵝再一次伸開脖子

重新被夜風展開

天命已然是虛構　短命漢想到自己

有了活過四十的可能


（六）

八月已經過去

你肯為那片小樹林捶腰了嗎

酒吧裡長髮的天才像果核一樣

被靈感吐出　民間賽詩會上發言的

仍是一個來自河南的結巴

遠處的烏托邦　換而言之

就是晾乾的荷花澱　在暮色蒼茫時

已將一座郵電所寄存在你耳朵裡

這種憂傷不必登上高處

就可佈滿紅葉照耀的西山

再見　再見　朋友的鼓勵是短暫的

夜鶯的壞脾氣是有限的

一列貿然闖入的火車

曾驚擾了臥室裡一枚蘋果的經期

而硬幣落入電話機的瞬間

至少還有一種氣味

似乎是永恆的

彷彿一支塑膠食品袋裝下了樹林、晚餐

和蛀牙般排列在街邊的雜貨店

再見　再見　秋風乍起之時

唯有架上的書籍能勉強挺直腰桿

小杜甫為此曾原諒了饑寒交迫的仕途

而二十五歲時你就想閉門謝客

透過眼藥水深遠的鏡頭望見

一顆蒼老的星球上已點起了燈火

掛起了窗簾　升起的炊煙狼群一樣消散


（七）

秋色剪短為家事

街角吸煙的男子像貼信封

被椿愛情取走

雜貨店老闆娘忙裡忙外

以小說家的身段

對此沒有表示出適當驚奇

間或會有郵差在屋頂上緊急迫降

而後又一個跟斗消逝在晴空裡

像是個在電波上永遠撈不到油水的人

而你約的朋友仍未露面　此時

大約十一點光景

太陽已從寶瓶座步行到了木蒨座

凌亂的長髮沒有放出更多的粒子

恬靜的民間故事因而滲出了瓷器

和陶器的耳朵

聽見巷子盡頭書聲朗朗

一座普通初級中學

正將臀部一點點挪向午休時間

院落裡高高低低生著楊樹　槐樹與核桃樹

偶有葉子緩緩落下

歷史課上前途黯淡的初二，一班同學們

就不約而同地

將目光從黑板上精瘦的兩河流域

集體移開了片刻


（九）

早餐已被忽略了多年

但這並不妨礙凌晨時分

未曾消化掉的牛肉將繼續在胃中獨白

這使得閣樓裡夜讀的麻雀

再次感到饑腸轆轆　推開書籍

重又飛入深深的盲腸

去尋訪一座通宵達旦的麵包店

而早晨上班的人流中

仍會有一畦菜花向你脫帽致敬

「你好　老朋友　深秋的崗位上

自瀆也要持之恒」

節制的飲食雖有益身心

堆滿食物的身體卻能得到好運青睞

下一次你我的話題

還可以扯得更遠些　譬如

如何在一隻包袱裡最終

抖落出一架鋼琴

如何在小麥的醜聞中觸及到燕麥

午餐之後　你還是抽空想想

該如何搭救那隻被上帝更正的蝴蝶

如何在兩個同行的文藝大師間

辨認出誰是抄襲者

誰隱瞞了收入　誰肩負使命

來自梅雨中一座自學成材的南方小城


（十三）

是一陣廣播將你領入高亢的十月嗎

驟雨初歇後　騎車人發亮的膝頭

不斷冒犯黃葉淙淙的前程

從東到西　年年必然途經的

宮牆、購物和保險

長街漸漸鬆懈了輓歌的韻腳

十字路口指揮的警察

也如瀆職的白鴿消逝得無影無蹤

誰還會為秋風引路

在電車上為腫痛的大海讓座

並矢口否認曾在街頭親自送走了青春

彷彿送走了一個遠房的窮親戚

那昔日的站牌下

卻依舊站立著來京多日的青年魯班

神色張惶地嗅著十月年邁的汗腺

（在陌生的首都該怎樣籌畫人生的下一步？）

或許他會步行到佈滿人群的廣場

如一個異鄉音節

一下子溶入北方官話的蒼茫暮色中

他抬頭想在天上尋找些安慰

卻看到黃昏的祖國正順著一根繩子緩緩地溜了下來


（十五）

彎向現實的肘部總有一天會報廢

留給不知名的鳥雀

作為新的書房或者一座

擱淺在稿紙上的露天電影院

而陽光會勝任弄臣的角色

深深勾勒出附近的地理：墨水瓶、

煙灰缸、以及衣褶上細小波動的印歐語系

年復一年　目光複雜的敘事曲

會在此遲緩下來　揀選實詞中的天使

掩護虛詞中的魔鬼

而身後簇擁的讀者可能會因此一哄而散

各自拿走桌上的衣帽、往事與風雪天氣

「不對　其實你只是迷戀

陳述事物時的口吻」

如同天空的紋理需要改動時

上帝的鼻子不過是一塊用起來方便的大橡皮

但伸出果園的橘子又總是被內心的手接住

更何況那是暴雨之前寄出的

「不對　其實你只是迷戀一只郵包裡的空虛」

如同女性肌膚上靜靜的權能

是雨天裡一只橘子吃不到嘴的完整

清潔　整飭　不能修補　只容妒嫉

（十九）

秋天被反覆書寫了多遍

一張瘦嘴巴不肯再多說什麼

當坐在窗邊的老人懶得撰寫回憶錄

當廚房裡的保姆

也懶得與一條墨斗魚糾纏

如今陽光又拉開身體的抽屜

匆匆尋找另一個新奇的譬喻

並不在乎

稿紙上雜亂的腳印

可能已通向修葺一新的天涯儲蓄所

或車票漲價後無人度假的欲望海灘

人行道上兩個相遇的啞巴

仍不知如何互相安慰

一場小雨也不會罷免糊塗的詩刊主編

我們把奇蹟稱為感冒

把月亮稱為商業孤獨的手腕

但無意阻止那嘔吐的校勘員：

「紅的是玫瑰　白的是硬幣

綠的則無法辨認」

命運真是多此一舉

卡車尾部揚起的煙塵裡

又有一批秋日的考古學將在造紙廠裡

化為泥濘的紙漿

而告別時你還要故作莊重

面對虛構的讀者

從北中國的衣袖裡探出一隻

杯盤狼藉的手

**畢業歌**

夏季使我們小說中的人物東西分散⋯⋯

——安德列・紀德

1

日出東南隅　白晝生紫煙

一灘渾濁的樹影像鼻涕被擤在了窗外

桌上是一紙空文　桌邊是大大小小的眼鏡

教授們彷彿池塘邊一群吞飲茶水的河馬

龐大的腰腹與伶俐的口齒比例失衡

論文選題總算事出有因　並明智地

放棄了第一人稱　改用布穀鳥

謙恭的口吻（它們甜蜜的叫聲你聽了近八年

尤其是當你在暗中醒來　發現

滿床的書籍和夢遺物正被夜風典當一空）

「發言時間僅限二十分鐘」答辯主席清清嗓子

宣佈開始　你的獨白便如一支分叉的樹幹

伸展、盤曲、逐漸推出了結論：

書生甲聞雞起舞　為治癒梅毒而投筆從戎；

書生乙披星戴月趕奔延安

在中途卻偶感一場小布爾喬亞的風寒。

歷史需要噱頭　正如革命需要流線型髮式

旁聽的女同窗粉頸低垂　若有所思

她臨座的稻草人卻早已哈欠連天
文獻綜述時你又一次提及那隻布穀鳥：
「多虧它的照應　這麼多年
才能既風花雪月又守身如玉　還要感謝
啤酒、月亮、和半輪耳廓的電話亭」
當眾人輕拍掌心以示首肯
唯有那隻鼓吹過新思潮的筆
還在衣襟上洶湧向前、欲罷不能


2
這是午後的校園　林蔭路上行人稀少
而門庭若市的校醫院前
夾竹桃憤怒地敞開胸衣：聽診　摸腹
出出入入的體檢勝似一場填空遊戲
我們脫去鞋子　集體等在門外
等待一束X光把生活的底細摸清
體內那枚羞澀的保險櫃隨之會被一張表格
漸次橇開：肝功能　血壓值　尿蛋白
無非是臟器和數字的組合　像出租司機的
黃昏堆滿了輪胎、落日和速寫美人
而農貿業兩腿夾一條步行街　亦步亦趨

也曾穿過我們一日三餐的肚子　體重器上

你會聽到周身的脂肪正在為此飛翔、哼唱：

「為了撮合一位澱粉天使和一位糖醋新娘

必須在夜間苦讀嚴復和小腳的斯賓賽」

你至今唯讀了半本陶淵明

難怪女醫生在竊笑：劣質香煙與青春的血沫

混合了這麼久　至今也咳不出一句像樣的詩

遞給那些喝過酒的兄弟

（他們指天畫地　一直當你是個人才）

或許肺葉的形狀關乎天分

內科病房裡走出的秀才　命若闌尾

歲月最終會如一只魚鰾在嗆鼻的藥味中漂走

到末了還得是「痛苦」幫你一把

雖然隔三岔五　但無疑是有求必應


3

春夏之交　一個國家在喜劇性地出汗

燕子集體排練回歸的合唱

政權的腳趾踢開了海水

萬人簽名　萬人歌會　萬人購房買車

一萬個亡魂在空調脫銷後熱得睡不安寧

「而春夏之交的你卻可能經歷什麼？」

除了在鞋子一樣昏暗的教室裡寫作

「我的筆不如希內的筆粗壯　所以不能

用來挖掘　只能用它來作體溫計或風速儀」

除了將胃部騰出一半供自己獨處（另一半要

應付各種吃喝、會面與漫長的交談）

除了為駁倒一幢大廈而對牆練習口技

除了填寫表格　敷衍導師

計畫將書架上的線裝月亮托運到他鄉

並向退休的人事處長打探舊情人的下落

「她起先在波士頓　如今在西雅圖

去年寄來的一張照片上她光榮地發胖」

一枚郵筒吐露了真情　當網路時代的魚雁傳書

會突然化作電腦螢幕上一片癌變的星空

最終還是有人從成都呼你　詢問靈魂的境遇

BP機上響起串串峨嵋山的鳥鳴

你回電說他舉薦的少年天才已在京城平安落戶


4

宴會上遲到的總是事業有成者

圍坐在空調的山谷裡　服務小姐送上

茶水和紙巾　點菜按部就班

要尊重國家公務員反覆誦記的制度

「能否給我留一個花香鳥語的住址」

剛從斯德哥爾摩返回的小郭

收起被一場北歐雪霰打濕的雨傘

從尋呼信號的海洋裡掙扎著遞出名片

即將升職的小楊躬身接過

前額過早光禿　油光鋥亮的鼻翼

彷彿歌劇院油漆一新的包廂：

「需要反覆磨練　才能在兩室一廳裡正襟危坐

糞土推銷市場上鯰魚一樣的美名」

而桌子上旋轉的食物批駁了獨斷論

山珍淡出海鮮凸顯　即將就職安全部的宋公

已放棄了香酥雞翅轉而專攻油燜大蝦

兩個預備黨員　嘴巴上無毛

不勝酒力彼此錯認了老婆

「該罰酒三杯」眾人一致表決

此時少年發福的老徐正跌跌撞撞抽身站起

詢問衛生間的所在　服務員遙指地圖上的一角：

「如不嫌棄　請在祖國最需要的地方方便」

5

「每當夜晚來臨的時候⋯⋯」女歌手砂紙般

傷感的歌喉打磨著黃昏的校園

學術論辯中的多餘者躲在廁所裡沖涼

陽臺上閒散的看客也掃興地返回室內

由於沒發現可心的人兒　也沒發現

形跡可疑的施洗者約翰

那些能夠上晚自習的人是有福的

在星球涼爽的視窗下準備下一周的力學考試

「給你一個支點　能否將一條企鵝版的彩虹撐起」

而花前月下　那些合理的撫摸

已使一株椿樹滿面羞慚

「你捏疼了我的乳！」幾個小女生在樹下

紛紛斥責著情郎張生或燕子李三

「每當夜晚來臨的時候⋯⋯」

一場球賽正難分勝負　一段評書正講播到關鍵

那些能坐在一架收音機前的人是有福的

為之捧腹、為之悔過、

為之閉月羞花、為之一語雙關

日影西斜　登高遠眺

多少天線上黏著的耳朵被股票訊息吹涼

一片身著西裝褲的大陸正意馬心猿

你看！有福的還有那游泳池中資深的泳者

他揮臂翻腿　埋頭於浪花

黧黑的尾鰭和腳蹼不時被夕陽染紅


6

畢業　畢業　荷花池裡凌亂的荷葉

也爭相頂起學位禮服寬大的帽檐

拍一張合影是必要的　集體主義的感傷

曾以助學金的形式按月領取

所以有責任在草地上和大家歡聚

笑容可鞠　襯衫潔白

整個場面適於作一則洗衣粉廣告

攝影師還是那個瘦高個情種（他與你兩位師姐

有過來往　其中一個還為他立誓終身不嫁）

當然　窗簾後　燈影裡

一匹蟑螂也會鑄成終身大錯　更何況

窄小的木床曾被佈置成一座玫瑰的墓園

懷舊即是走到原來的位置　腳跟併攏

在微風中感受增大的腰圍像麥浪起伏在時光中

相機還是那架二手的尼康

背景還是藍天、白雲和殖民風格的建築

那眼鏡裡近視的大海使得懷舊者視線模糊

學識、抱負和牙痛都向四外裡緩緩疏散

「一、二、三」

你還未來得及手搭涼蓬　向未來的尊夫人致意

快門一閃　一些各奔東西的人

不得不永遠站在了同一張小紙片上

7

「你的職業設計如何　請用白紙謄寫」

小學時代的理想經不起盤問

糊塗教師因作風問題改作司爐

教導主任兢兢業業　家訪途中車禍遇難

悶熱的天氣裡很多少年立志成才　初通人性

用一條草蛇擦去臉上嫩黃的童真

後來有人如願以償作了醫生

在菊花怒放的季節用一張處方換來了豔情

有人違法亂紀　因毆傷飯店經理蔣門神

至今還在「小西關」的高牆下服刑

有人已遠走高飛　用兩支波音翅膀和更多件襯衫

告別了雀斑、酒瓶、髒兮兮的單身宿舍

和北國腰肢柔韌的炊煙

回首往事　舊日的夥伴大都音訊杳然

一蹶不振的故鄉拿不出新的花樣

求職途中你拜訪過一位二等文官、一隻博學的海鷗

所謂的前程會像一架電梯駛向高處的玩具城：

狐狸當道　小熊請客

那些靜悄悄敞開在半空的單位裡

新到的打字員提早穿上了鮮花堆簇的緊身陽臺


8

「在林蔭路的盡頭你會摸到一枚硬幣嗎」

投幣電話裡一場暴雨甕聲甕氣地詢問

和競選過人民代表的桃樹聊三分鐘

詢問近況：「你的風濕痊癒未

校園膝蓋和美文……」

「還好　只是被新近編撰的文學史忽略

一點點失落」因為年事已高

可以從目錄或年譜中躬身退出

成為書卡持有者：從植物學到烹調大全

從養生手冊到一本園丁的懺悔錄

閱讀恰如一場不傷及骨頭的美容術

使無理者持之有故　使心虛者臉色紅潤
但枯槁的身體還能有花瓣噴泉一樣湧出
感染那些大一新生被南風銼平的頭頂？
這是個疑問。
「還好　只是圖書館前許久未有人清掃
妨礙了麻雀的健美操……」
話音未落　一支閃電警告說通話超時
你趕緊道別：「再見！珍重！」
我們都曾在你膝下駐足張望
一年一度　留著一頭過時的長髮
嘴裡散著抒情性口臭


9
沿著淹死過詩人的校河散步
被刪節的場景裡垃圾閃耀　柳絮飛舞
遠山如黛（那是著名的西山風景區
你還記得在楓葉如潮的山谷裡小便
而年輕的他正在山頭捉住秋風的胸乳）
「生活會將我們像石頭那樣向前拋擲
而風中伸出的陽臺會接住你
以婚姻小巧的形式」

擅長數學的他拙於笑話和辯證法

但我們都記得鳥雀啁啾中的那堂道德課

石頭、剪子、布

三位一體的玩具馬和九九歸一的冒險遊戲

沿著淹死過詩人的校河散步

河水如一條皮帶被看不見的抽水機一次次抽緊

你側過身　讓頭髮蓬亂　手上黏著墨水的死者先行

「夕陽西下　落日溶金」

但丁也說：「白晝到了盡頭，

大地上的牲口止息了一天的勞碌」

缺少的仍是一個闡釋者

將這河水當作一篇廢話轉告給他人

當然　聽與不聽

是另一隻耳朵和更多梧桐樹葉的事

當它們渴望著星斗、名聲和晚年

渴望在暴雨來臨之際

一洗前愁，將來生的版本更換


10

是虎口拔牙還是準備從天使嘴裡

搶奪幾顆口糧　這取決於酸菜味的黎明

如何被一柄牙刷清理成晨光下的公路

獨自一人從叫賣和雷霆的縫隙裡爬起

昏昏欲睡的唇齒　凸凹在時代淺淺的腮上

從四環路經亞運村再至二環路

一輛缺失牌照的單車載你到單位就職

「要研究城市　認識宮廷」想像力拐彎抹角

觸及到了一座香火繚繞的寺廟

善男信女走下了面的或中巴　辨不清和尚與喇嘛

「我在雍和宮的腋下　毛茸茸的編輯部裡

辦公　喝茶　請打電話來敘敘舊情」

微型的勞力與午餐中的小米恰好匹配

一張報紙後面連艱深的鳥巢也會笑顏逐開

正如一門初級病理學需要反覆溫習

貴婦人遞來口香糖和「三五」煙　老處女憤世嫉俗

如屋角裡一顆隨時引爆的炸彈

而主任則是不祥之物終日在窗外盤旋

「我用玻璃、日曆和不乾膠佈置好辦公桌」

生活會像脫臼的肩膀被重新接好　而後舒展自如

# 跋

　　這不是一本新集子,其中一多半的詩,都來自一本舊作,本來沒有拿出來的必要和勇氣。這次多謝小濱兄和「秀威」的錯愛,在海峽對岸印出,不同的語境或許會牽連出另外的閱讀契機。

　　多年來,個人寫詩的事業,一直處在不尷不尬的半停滯狀態。也曾一度以分身乏術為由辯解,或強調因不想重蹈舊轍,才暫時耽擱在「新變」未成的途中。這樣的託辭說上三遍,就已令人生厭。好在隨了年齡虛增,對人事的瞭解稍稍廣泛,閱讀與想的東西也多了一些,已逐漸明瞭:如果沒有前提的重置,自己詩歌的機器很難再隆隆發動。所謂「前提」是什麼,一兩句話也說不清。總體上看,由於特定的政治文化脈絡,生活在大陸的漢語詩人,習慣在一種與周遭世界「對抗/疏離」的關係中,表現自己的卓越、乃至傲慢,在私人園地中獨立怒放又能愉悅社區的傳統,不太容易真的在此地開枝散葉。不論舉辦多少次兩岸詩學論壇,這一點還是構成了大陸詩歌與臺灣詩歌的基本差異。近30年來,這一「前提」不論在多大程度上被否認,還是得到了多方面的支持,從理論到直觀,從紙媒到網路、從學院到民間,並引申出當代詩的諸多可能:主體強勁者,會發展出高亢、雄辯的美學,舊的「天才」想像經語言哲學的包裝,重裝上陣之後,還是大有市場;主體虛弱者,則習

慣覺醒於繁複、譏誚的旁觀位置，反覆享用那一點點自視高明的泥足樂趣。其他較為平庸的，往往會被流俗的人文思潮隨便捲起，又不知在哪裡被隨便地棄置。久而久之，當這一切穩定自洽，惟獨缺乏心智與道德困境的支持，激越又虛無的人格，早已習見不察，失去了彈性。作為20世紀政治激情自我掏空為教條之後的顛倒鏡像，坦率地說，此類寫作的活力已被歷史透支，缺乏對各種相互包含的公共及隱私世界的貫通性理解，偏執的美學洞無非加速了慣性之勤勉。

　　明知自己寫得少，早早閉嘴才算正道。這幾年為數不多的嘗試，正偷偷致力於掙脫個人及周邊的無形格式，刻畫局部關聯之中身心困厄、感奮的線條，前景未必顯豁，但一點點自我改造的願望倒還誠實。早年有首小詩《奧伏赫變》，借用上世紀非驢非馬的左翼概念（「揚棄」），處理過小男生成長的煩惱。現在看來，這生吞活剝的四個字，卻也依然嫵媚、勵志。

　　2013,5,2

語言文學類　PG1059　中國當代詩典　第一輯 12

# 好消息
## ——姜濤詩選

作　　　者 / 姜　濤
主　　　編 / 楊小濱
責任編輯 / 邵亢虎
圖文排版 / 王思敏
封面設計 / 陳佩蓉

發 行 人 / 宋政坤
法律顧問 / 毛國樑　律師
出版發行 / 秀威資訊科技股份有限公司
　　　　　114台北市內湖區瑞光路76巷65號1樓
　　　　　電話：+886-2-2796-3638　傳真：+886-2-2796-1377
　　　　　http://www.showwe.com.tw
劃撥帳號 / 19563868　戶名：秀威資訊科技股份有限公司
　　　　　讀者服務信箱：service@showwe.com.tw
展售門市 / 國家書店（松江門市）
　　　　　104台北市中山區松江路209號1樓
　　　　　電話：+886-2-2518-0207　傳真：+886-2-2518-0778
網路訂購 / 秀威網路書店：http://www.bodbooks.com.tw
　　　　　國家網路書店：http://www.govbooks.com.tw

2013年9月　BOD一版
定價：280元
ISBN　978-986-326-174-2
ISBN　978-986-326-178-0（全套：平裝）
版權所有　翻印必究
本書如有缺頁、破損或裝訂錯誤，請寄回更換

國家圖書館出版品預行編目

好消息：姜濤詩選 / 姜濤著. -- 一版. -- 臺北
　市：秀威資訊科技, 2013. 09
　　　面；　公分. -- (中國當代詩典. 第一輯；
12)
　BOD版
　ISBN 978-986-326-174-2 (平裝)

851.486　　　　　　　　　　102015893

# 讀 者 回 函 卡

感謝您購買本書,為提升服務品質,請填妥以下資料,將讀者回函卡直接寄
回或傳真本公司,收到您的寶貴意見後,我們會收藏記錄及檢討,謝謝!
如您需要了解本公司最新出版書目、購書優惠或企劃活動,歡迎您上網查詢
或下載相關資料:http:// www.showwe.com.tw

您購買的書名:_____

出生日期:_____年_____月_____日

學歷:□高中 (含) 以下　　□大專　　□研究所 (含) 以上

職業:□製造業　□金融業　□資訊業　□軍警　□傳播業　□自由業
　　　□服務業　□公務員　□教職　　□學生　□家管　　□其它_____

購書地點:□網路書店　□實體書店　□書展　□郵購　□贈閱　□其他

您從何得知本書的消息?

　□網路書店　□實體書店　□網路搜尋　□電子報　□書訊　□雜誌

　□傳播媒體　□親友推薦　□網站推薦　□部落格　□其他_____

您對本書的評價:(請填代號　1.非常滿意　2.滿意　3.尚可　4.再改進)

　封面設計____　版面編排____　內容____　文/譯筆____　價格____

讀完書後您覺得:

　□很有收穫　□有收穫　□收穫不多　□沒收穫


對我們的建議:_____

_____

_____

_____

11466

台北市內湖區瑞光路 76 巷 65 號 1 樓

**秀威資訊科技股份有限公司**　　　收

BOD 數位出版事業部

..................................................................

（請沿線對折寄回，謝謝！）

姓　　名：＿＿＿＿＿＿＿＿＿　年齡：＿＿＿＿　性別：□女　□男

郵遞區號：□□□□□

地　　址：＿＿＿＿＿＿＿＿＿＿＿＿＿＿＿＿＿＿＿＿＿＿

聯絡電話：(日)＿＿＿＿＿＿＿＿＿　(夜)＿＿＿＿＿＿＿＿＿

E - m a i l：＿＿＿＿＿＿＿＿＿＿＿＿＿＿＿＿＿＿＿＿＿